COLLECTION FOLIO

Violette Leduc

L'affamée

Gallimard

Violette Leduc (1907-1972) est née à Arras. Elle fut secrétaire dans une maison d'édition, où elle se lia avec Maurice Sachs, Jean Genet et Simone de Beauvoir, avant de se consacrer à l'écriture. C'est avec la publication en 1964 de *La Bâtarde*, préfacé par Simone de Beauvoir, qui frôle le prix Goncourt qu'elle se fait connaître du grand public. Elle est notamment l'auteur de *Thérèse et Isabelle* (1966), de *La folie en tête* (1970) et d'un livre posthume, *La chasse à l'amour* (1973).

à Jacques Guérin

Elle a levé la tête. Elle a suivi son idée sur mon pauvre visage. Elle ne le voyait pas. Alors, du fond des siècles, l'événement est arrivé. Elle lisait. Je suis revenue dans le café. Elle suivait d'autres idées sur d'autres visages. J'ai commandé une fine. Elle ne m'a pas remarquée. Elle s'occupait de ses lectures. Quand elle arrive on nettoie le café ou bien on finit de le nettoyer. Le carrelage sèche. On le voit sécher : un carreau trop pâle, un carreau trop rouge. Plus il est fade, plus il sèche. Les chaises sont sur les tables, deux par deux, renversées l'une sur l'autre. Les tables dégraissées supportent ces enlacements obscènes. On passe la main sur le marbre humide. On a un frisson. Cette propreté qui s'envole me calme. Le patron a déposé sa gueule de patron à la caisse. Il astique. Il a travesti la moitié de son corps avec un tablier. Son sexe, auquel on ne pensait pas, est derrière un paravent de toile bleue. Les garçons l'aident. Ils ont ressuscité des mouvements non automatiques. La porte du café est ouverte. L'odeur du tabac vadrouille. La rue a l'exclusivité des bruits.

Je veux rester dans sa ville. Le vendredi je cours à la campagne. Je voyage en camion. J'y pense. Les cahots m'émeuvent aussi. J'arrive, je profite du crépuscule. Je rumine le crépuscule et l'événement pendant que je fais mes courses dans les fermes. C'est le règne du bouton-d'or et de l'herbe svelte. La terre pisse du vert. Les sentiers en sont inondés. Des litières odorantes se perdent. Les grands herbages ne sont que penchants pour de savoureux délassements. Les troupeaux se reposent. Ils sont allongés, ils se baignent dans les fleurs. Une touffe de trèfle égarée a fait sa goutte de sang caillé contre une haie.

Mes objets se morfondent dans la fidélité. Derrière les volets consciencieux, quelques-uns se sont éteints tout de suite. La poussière est leur suaire.

Ma jaquette d'hiver habille le dos de la chaise. Sa forme est une esquisse, mais les épaulettes ne veulent pas se rendre. La doublure est froide comme un miroir. Mortes de soif, les feuilles des pâquerettes pendent. C'est mou. Je songe aux pleureuses professionnelles.

Le café où elle va me fait peur. J'évite son soupçon de bonjour. Je veux rester au bord de l'événement, pareille à une sentinelle devant la caserne.

A la campagne, je n'ouvre plus ma fenêtre, la nuit ne vient plus à mon chevet. J'entends encore le chat-huant qui chahute le silence. Je fends une chaleur recluse. Je me couche dans un lit défait. Avec leurs dents, les souris ont découpé des fanfreluches dans le drap du dessous. J'écrase des bêtes vert amande. Deux souris s'abritaient à la place de mes pieds. C'est un lit fréquenté.

Je lui avais cueilli une centaine de marguerites. Je les ai jetées dans la rivière. Cette traînée de fleurs a émigré au fil de l'eau. J'ai trafiqué autour de l'étalage des fleuristes. Elle est au-dessus d'une intention de vieux marcheur. Cela m'abat de ne rien faire pour elle. J'ai choisi des pivoines arrogantes. Ce rouge confection trahit le rouge. Elles puent la poudre de riz rose des pierreuses. Je peux encore les poser sur un appui de fenêtre et me sauver, mais la gaffe ne me lâche pas. J'ouvre le papier : serrées les unes contre les autres, elles sont plus simples. Comment les ferai-je parvenir au café où elle va? Je ne veux pas qu'elle m'aperçoive avec mon bouquet. La petite rue me protège. Je me tiens sur le seuil d'un hôtel. Je ne sais plus ce que je veux. Les fleurs pèsent plusieurs kilos. Voici un boiteux, un fourbu, deux enfants... Je peux choisir un passant, lui offrir ce poids. Un amant avare sera ravi. Il croira à la grâce. Je n'ose pas abandonner mon bouquet. J'entre dans un café-bar. Je bois une limonade. La limonade sent la pivoine. Le bouquet se fanera peut-être dans ma main. Une jeune fille coud derrière le comptoir. Elle sort. Je la suis, je lui demande si elle veut le porter et le remettre à la caissière du café où elle lit. Elle ne veut pas : c'est elle qui a une bouche d'entremetteuse. Une bouche sur laquelle le mensonge se tortille. Elle dit qu'elle ne fait jamais ce genre de commissions. Elle est effrayée. On croirait que mon bouquet peut la violer. Elle s'enfuit. Je serre toutes les tiges. La jeune fille est rentrée dans le café-bar. Elle est derrière la vitre. Il pend le long de ma cuisse. Comme une aumônière. Elle me surveille. Sa mère aussi me surveille. Je suis dangereuse. Leurs bouches molles ont trouvé cela. Il faut y aller.

Je m'approche du café. La terrasse est surpeuplée de mouches. Ces mouches boivent, ont bu ou boiront. La terrasse est une arène. Les clients assis s'abattent sur les promeneurs qu'ils dévorent. Leur ennui se nourrit. Le garçon qui se rase pour rien puisque ses joues sont naturellement bleues est près de mon bouquet. Il le prend. Les clients le regardent. Il y a trop de papier. Les tiges sont trop longues. Il le porte à la caisse. Je m'enfuis. Elle ne m'a pas vue.

Dans le métro, les trains, tous les trains, roulent sur l'événement. Puis je plane avec l'événement. Entre deux trains, je voudrais reprendre le bouquet. Un autre écrase mon regret.

Un ouvrier dort allongé sur le banc du quai, les poinçonneurs vagissent. Je ne vois pas le visage de l'ouvrier. Il est dissimulé dans la couronne de ses bras. Je voudrais avoir la même couronne de chair sur mon visage pendant que la mort sortirait de fabrique. Je voudrais m'allonger sur lui. Mon désir ne vient pas du ventre. Si l'on demandait des donneuses de tendresse dans les « Petites Annonces », je me présenterais avant l'ouverture du métro. Je raflerais toutes les offres.

Il faudra apprendre à ensevelir les morts. Dans les villages, on me fera de la réclame. On viendra me chercher en carriole. Je choisirai. Quand ce sera des enfants, je dirai : « N'insistez pas, j'ai mal au cœur... Je salirais le drap de votre mort. » Je pourrai serrer les autres dans mes bras, repérer les bons endroits. Je me demande si les aines se refroidissent tout de suite. Je soufflerai dessus. Je découvrirai d'autres coins tièdes. Je soufflerai lentement. Les adieux seront morts avant d'avoir vécu. Ce que je commencerai sur eux se défera en même temps que la précieuse aurore. Mais les morts appartiennent aux parents. Voler un cadavre dans une maison est une fameuse aventure. Ce sera plus facile dans un hôpital. Derrière le petit paravent qui cerne la dépouille, je soulèverai le mort et je lui inventerai un élan. Je ne regarderai pas son visage avec le reproche rigide parce que j'ai du retard sur lui.

L'ouvrier est couché sur le dos. Je m'allongerai sur lui, je poserai toutes mes lèvres sur lui, toutes mes lèvres seront nourries. Les dormeurs me font peur, après je fais connaissance avec leur abandon, avec ce nouveau visage que voile une résille. Il a frissonné. Je me sauve dans la voiture, ma tête est à l'événement. Le mécanicien s'offre une partie de vitesse. Les voyageurs sont projetés les uns sur les autres. Les destins se bagarrent. On roule de plus en plus vite. Je suis dans un char romain. Je me tiens debout avec l'événement, avec mes poids.

J'ai passé une soirée avec elle. Le garçon de restaurant apportait les plats. Je les avançais. On ne s'apercevait pas que je lui donnais quelque chose. Nous avons bu du punch à la terrasse d'une rhumerie. C'était aigu. Je désertais. Je partais allumer des cigarettes dans la rhumerie. Je chipais tout ce que je pouvais chiper sur son visage avant de m'éloigner, puis je me nourrissais de lui dans les lavabos. Parfois sa voix se casse. C'est louche, c'est agréable. Le ciel était bleu fixe avec de l'éloquence au ras des toits. Un essaim d'un autre bleu voltigeait autour des platanes. J'avais posé mes journaux sur la table. Elle a avancé sa main, elle a avancé son bras sur mes journaux. Je les ai emportés dans ma chambre. Je les ai touchés avec ma joue.

Elle travaille beaucoup. Le quotidien ne la grignote pas. Je m'accrocherai à sa qualité : je suis sauvée d'avance. Je l'approcherai si je travaille. Je disparaîtrai si je ne travaille pas. Devenir exceptionnelle pour la retenir un peu. On a piqué des ailes à mes efforts quand je la quitte.

J'ai la nuit, j'ai les murs sur lesquels j'étends mes bras. Je caresse les briques. Le grain des briques est revêche. Il décourage ma main. Dans les rues ma main n'a rien de tiède. Je m'accroupirai dans le métro. A la station Strasbourg-Saint-Denis, je la tendrai. Un agent me demandera ce que je fais avec ma main. Je lui dirai qu'elle mendie de la chaleur. Il vérifiera mes papiers. Il me chassera. Je reviendrai. On m'embarquera. Mendier autre chose que l'argent est impossible.

Je n'ai pas de mémoire visuelle. Je cache mon visage. Pendant que le mien s'enfoncera dans la suie, le sien resplendira. Je ne m'effacerai jamais assez. Je cacherai mon visage dans mes mains. Le sien m'éblouira. Je vois son profil impeccable : c'est un calmant. Je vois ses cheveux. Je vois son auréole de cheveux. Je vois ses paupières. Un peu de fard mauve chante sur ses paupières. Je vois son visage repassé. J'entends ses petits pas pressés. Je vois sa bouche juste. Je vois ses traits intègres. Sa gentillesse inonde mon pauvre visage. Une laide donne dans la gentillesse comme un taureau dans du rouge.

Plusieurs fois par jour, je déserte et je me rengage.

Je m'éveille. Je suis minée. Mon corps s'occupait déjà d'elle. Mes épaules sont dans les étaux. Il y a un chargement d'angoisse dans mon estomac. Cela chemine jusqu'à ma gorge. Je voudrais extirper ce colossal pressentiment avec mes ongles. Je suis resserrée, ainsi qu'un paysage avant l'orage.

Entrée dans le café où elle lit. Mes jambes me

dégoûtaient. Elles se détacheront comme deux pétales.

On traîne les poubelles vides. On les range dans un hangar qui est au-dessous de ma fenêtre. J'habite au premier étage. Mon rapport de poussière. Elle tombe sur la rampe qui est toujours grise. Je ne la nettoie pas. Mon appui de fenêtre est moins seul.

Ce bruit des poubelles précède la montée du courrier. La concierge a dit à son mari qu'elle le montait. Je me jette contre ma porte. Elle le monte. J'entends sa respiration lyrique. C'est la même quc celle du marchand de charbon qui livre les boulets dans les chambres, avec un sac vide sur sa tête. C'est un capucin noir. Ses dents sont des illuminations, ses lèvres des framboises. La concierge s'arrête devant la fenêtre de la plate-forme aux rats. Encore quatre marches. Elle sera devant ma porte. J'ai posé mes doigts sur le verrou. Je lui ouvrirai plus vite. Je me souviens : elle ne frappe pas. Elle la glissera sous la fente. La lettre froissera le bourrelet de ma porte. Le bourrelet résistera. La lettre se coulera chez moi. Je ne me pencherai pas tout de suite. Je jouirai de son écriture à distance. Il n'y avait rien pour moi. Je retourne à ma table, victime d'un attentat à neuf heures du matin. Je me regarde dans la glace. Je supplie mon visage d'avoir pitié de moi. La fatigue a écroulé mes traits. Comme les infirmes qui ont honte de se déshabiller, je n'ose pas regarder mon profil. Dans le métro, dans le train, mes voisins peuvent détourner la tête. Ils sont soulagés. Moi aussi je peux détourner la tête, mais le dessin de mon profil est incrusté en moi. La concierge descend. Je vais dans leur loge. Le cordonnier a eu une congestion. Il est assis près de la fenêtre. Il crache son jus de chique dans un vase Directoire. A midi, le vase au col pincé est plein. Je n'ai pas renoncé à cette lettre. « Ce sera pour demain », me dit la concierge qui trie des lentilles beiges. Elle les amène une à une dans la casserole qui tient entre ses genoux. Elle les fait tourner autour des graviers avec son index. Les lentilles épurées tombent et résonnent. Le cordonnier est fatigué. Je pose ma main sur la sienne, nous tirons ensemble les tenailles. Le clou ne sort pas.

On frappait à ma porte. On dérangeait la nuit, le monde enfermé dans une meule funèbre. Le télégraphiste récitait le télégramme : « Venez avec du pain. Grand besoin de pain. Je vous attends. » Il disait que ce n'était pas signé. Je voyais apparaître sur mon miroir la signature de celle qui lit dans un café. Je sortais. Il fallait s'introduire dans la nuit. Je m'agenouillais sur le pavé, contre le soupirail de la boulangerie. Ils ne voulaient pas me vendre un pain. Je me collais contre les barreaux du soupirail que j'adorais. Je forçais mon bras, je forçais mon autre bras. Je les tendais du côté du pétrin. Je leur prenais de la farine. Je la serrais dans mes poings. Plus je la serrais, plus elle retombait dans le pétrin. C'était trop doux pour être réel. J'en prenais encore, mais je ne la serrais plus. C'était distant. C'était le contact angélique. Je sortais un poing. Je la jetais sur les hommes qui giflaient la pâte. Décharges dans leurs épaules, dans leurs omoplates. Le corselet des côtes vibrait, les aisselles luisaient. Ils chassaient la sueur de leur front avec une main sur laquelle le levain en loques pendait. Les gifles que recevait la pâte étaient denses. J'en ai jeté encore. Elle a glissé. Ils marchaient dessus. Sur leur torse nu, un voile de mariée. La fleur de farine adoucissait leur peau. Je les suppliais de me donner quelque chose. Je cognais les barreaux avec mes genoux. Ils m'ont dit qu'il fallait changer de tête. Ils m'ont dit que je n'obtiendrais rien. Ils criaient qu'ils ne comprenaient pas la boulangère qui me vendait du pain tous les jours. Cette tête ne le méritait pas. Ils le disaient sans me regarder.

La nuit était derrière moi. J'étais encore à genoux. Il aurait fallu être très souple pour me renverser en arrière, pour jeter cette gueule en pâture à la nuit. Ils se dressaient devant le soupirail. J'étais dehors, mais j'étais leur prisonnière. Ils jouèrent au jeu de massacre. Je fermai la bouche et les yeux. Ils lançaient la farine comme une grenade. Pour me faire du mal, ils gâchaient leur métier. Ils claquaient mes grosses pommettes. Je voulais bien quitter mon visage. La farine retombait sur le trottoir. La chute était frivole. Mon visage pleurait de la farine. Ils ont arrêté le jeu. Je n'avais plus que les barreaux du soupirail. J'ai tâté mes cheveux. Ils étaient en velours. Je me suis levée. De ma jupe est parti un tas de farine. Un enfant glissait enfin entre mes jambes. Je suis rentrée avec ce visage. Lui et moi nous devions traverser l'empire de la nuit. Je le touchais. Il était saupoudré de farine. Il était doux. Je pleurais pour cet innocent.

J'ai vu des abat-jour invendables. On les avait alignés sur le rayon d'une arrière-boutique. On ne les avait pas serrés les uns contre les autres. Leur laideur ne se froissait pas. Mon visage est un abat-jour invendable, mais je n'ai pas d'arrière-boutique pour le dissimuler...

Je partirai pour la campagne demain matin.

Le temps est éteint. Je n'ai pas le courage de me lever demain matin. Je ne la vois plus.

Paris a sorti tous ses gris. A dix heures du soir, on lance les rues jusqu'au ciel. Marronniers vert-de-gris, marronniers vert bouteille. Le mystère s'affaire dans ces ruches de feuillages. Une carcasse d'hôpital inachevé est au niveau des temples grecs. Un crépuscule d'un bleu courroucé est en suspens autour des arbres.

On fane au mois de mai. On décapite déjà l'été. Nuit et jour, je suis éblouie. Par des nappes de marguerites sur les prés. Le soir je lève la tête, je les retrouve au ciel.

Pendant que Paris sortait tous ses gris, je l'ai rencontrée boulevard Montparnasse. Je regardais les pavés sur lesquels j'avançais. Ils ne profitaient pas de cet évangile de couleurs. Elle était sous mon visage. Je recevais le sien avec la lumière insinuante. Elle m'a dit bonjour. Elle avait planté ses amis pour le dire. Les pavés ont moins de chance que moi.

Je compte jusqu'à trente. Je sonne. Je suis quelqu'un qui a décidé de se faire opérer.

J'arrive dans l'entrée avec un autre bouquet. C'est du grand exotisme. Son entrée ne peut rien pour moi. Si elle descendait l'escalier, je me sauverais. Je cache mon bouquet sous mon bras. L'entrée me juge, elle attend le déclic de ma lâcheté. Je monte. La concierge dit : « Vous pouvez y aller, elle est chez elle. » Ce serait facile si j'étais une concierge. Je donne le bouquet à celle qui a parlé. Ce sont des fleurs de nénuphar. Les pétales sont trop épais. Le bouquet est trop raisonnable. J'irai chez une autre fleuriste. Je choisirai des anémones. Elles ne sentent pas mais elles sont fragiles, distrayantes. Le blanc nénuphar est indigeste. Je dirai à la concierge : « Gardez celui-là. Prenez celui-ci pour elle. » La concierge me montrera du doigt. Je descends. L'entrée est impitoyable. La vie du matin me prend au lasso.

Les personnalités en coup de poing lui plaisent mais moi je n'ai presque plus de sang dans mes veines depuis que je la connais. Quand je lui parle, je regarde ailleurs. Mes yeux me désobéiraient. Quand je lui parle, je ne reconnais pas ma voix : elle est faible parce que l'émotion en fait ce qu'elle veut. J'ai dressé mes larmes. Elles retournent d'où elles venaient.

Je m'assieds dans les parages de sa table qui est occupée. J'assassine tout de suite le consommateur qui jouit du journal qu'il a posé sur la table de celle qui lit dans un café. J'enlève la tasse, la soucoupe, le plateau. Je prends la serviette du garçon. Je frotte, j'astique. Sa table est nette. Elle est ma relique. Quelqu'un demande si elle est libre. Le garçon qui est là pour la garnir avec des consommateurs dit oui. Je l'appelle. Je lui donne un pourboire. Il l'accepte mais la table doit être occupée. Je fais un signe à la porte du café. Elle s'ouvre. Quatre loups invisibles traversent la salle. J'en installe un à chaque pied de table. Ils piétinent puis ils deviennent réels. Ils ont la gueule offerte. Leurs dents font des avances de prostituées. La faune du café s'éclipse. La table est une souveraine soutenue par quatre loups. Elle n'est pas là, mais j'ai fait garder l'objet. Il est ma pièce de musée. J'ai posé ma tête sur ma table. J'ai mis mes bras autour. Je cajole cette tête qu'on n'achèterait pas pour un centime. Je regarde les loups. Entre loups on ne s'amuse pas. Sur les autres tables abandonnées, il y a des débris. La sienne est belle. On a peigné les loups. Ils ont chacun une raie. Ils patientent mais ils s'ennuient. Ils pourraient me dévorer. Je me sauverai au fond du café. Je ne veux pas que mon sang éclabousse sa table. J'entends son pas. Elle ne vient pas au café mais je l'entends quand même. C'est un pas affairé. Je peux l'entendre où je veux, quand je veux. Elle arrive. Son pas est trop près, cela m'étranglera.

Elle verra les loups, sa table gardée. Je ne peux plus siffler les loups. L'émotion est une lame de fond. Je serai engloutie. Je n'ai plus le temps d'aimer la cadence de son pas. Les loups se sont étendus. Ils sont paresseux. Je suis perdue. Ils ne voudront pas me dévorer et moi je ne pourrai pas me sauver quand elle arrivera.

Je sors du café. La chaleur est brutale. Je patauge dans cette chaleur. Les écoliers vont chez eux. Je n'avale plus ma salive. Elle navigue dans ma bouche. Cette salive m'empêche d'appeler les écoliers et les écolières libérés. Je les supplie, sans paroles, de me ressusciter. Je suis derrière une petite fille. Ses anglaises se déforment. Je voudrais les rouler sur mes paumes. Je roulais ainsi les boules de mastic. Elle saute sur les pierres. Elle en évite d'autres. Je reconnais mes jeux. Les jeux ne vieillissent pas. Le sien est grave. Je change de trottoir. Elle m'intimide. Je porte le paquet qui lui est destiné chez elle. Je ne dépasse pas la loge. Ils déjeunent. Les bruits des assiettes, des fourchettes et des verres sont plus animés que la conversation de ces avaleurs de purée. On a sorti le rôti du four. La sauce glousse. Je suis plus rejetée qu'un mendiant. Ils veulent la prévenir que je suis en bas. Leur simplicité me donne le vertige. Où est sa fenêtre? A quel étage? Je leur demanderai mais la tentation a été fugitive. Je ne bricolerai pas avec sa fenêtre. Son absence ne sera pas compromise.

La pluie est là, avide. C'est ma dame de compagnie. Chaque goutte se veut la plus piquante. Le poids lourd me quitte au ralenti. C'est une averse cruelle qui engrosse les ruisseaux. L'eau court jusqu'aux égouts. Elle se passionne. Je m'abrite contre une porte. Je la regarde se surpasser. C'est propre, c'est sauvage, c'est un ballet ce rebondissement des gouttes d'eau. Au loin, le ballet s'envole. La fraîcheur descend. La pluie se calme. Les ruisseaux sont purs mais le ciel n'a pas été déminé. La pluie a une autre crise pendant que la fraîcheur touche ma joue en passant avec ses ailes roses.

Le ciel est ému. Le vent est tombé. les arbres attendent des ordres. Il y a un scintillant remue-ménage dans le prunier. Le vol des oiseaux est sobre. Il est pompeux. Ceux qui se meublent dans la nochère du vieillard chez qui je loge tapent du bec avec hardiesse. Le bruit est affable. On a donné de grands coups de pinceau au ciel. Il y a des escadrilles de panaches frisottés. Les « pleureuses » qui couronnaient les chapeaux de ma mère leur ressemblaient. Il y a des sirènes décapitées. Il y a un fabuleux cornet. Il est plein de clartés rêveuses. Il y a aussi l'Afrique avec Le Cap qui tourne à gauche. Il y a des écharpes en flocons. Parfois tout se contracte comme une fleur sous-marine. Il y a un continent bleu, des bancs de lumière, d'autres bancs d'un bleu plus usé. Tous les bleus déteignent sur les contreforts de verdures. Ce gala de nuances abat ma plume. C'est le soleil couchant.

Le potager du vieillard profite de ce ciel tiraillé par l'orient, de cette lumière qui vaut un sonnet. Le morceau de terre avec les choux de pommes est tragique. Le vert a été stupéfié. Les chenilles ont fait des orgies sur les feuilles. Certaines ont été mitraillées par les rongeurs. Les rames des pois mange-tout sont des lances de gladiateurs fichées en terre qui maudissent le ciel. Le feuillage des carottes est volage. Avec leurs replis, les laitues rondes sont indécentes. On distingue leur cœur pâle. La chevelure en tubes des échalotes est une défaite étalée sur la terre. La lumière se rend. Le paysage se confie à la nuit.

La noce est descendue dans la cour. A la fenêtre, une femme arrose les viandes pour le repas en se penchant. Elle regarde le cortège qui arrive dans la cour. J'entends les sauces. Elles imitent les pinsons. On ferme les portes du four. L'accordéoniste peut commencer. La noce a reculé les pyramides de cageots vides de l'épicier. Elle les démantibule. La noce a bu. Les femmes prennent les mains des hommes. Ils tournent, ils détournent et ils chantent « Meunier tu dors... ». La fenêtre du concierge est ouverte. Il a sa crise. Quand la noce est essoufflée, on l'entend. Il remonte des crachats. C'est du travail de mineur. La noce tourne, détourne. Un homme se débat. Personne ne l'écoute. Descendre. L'aider avec mes mains. Dégarnir ses bronches. J'imagine son visage qui se défend sur l'oreiller.

La concierge est invitée. Ses bas noirs plissent sur ses chevilles. Elle est vieille. Elle a des souliers blancs. Elle embrasse la noce. Les locataires sont aux fenêtres. Ils l'admirent. Le soleil est parti. Alors les derrières des immeubles, les cours, les murs ont été rechargés de pauvreté. Ici la lumière d'été est de la lumière d'hiver. La pauvreté était sortie de chaque logement, mais elle est revenue. Elle s'est cachée dans chaque pierre. Les éclats de voix de la noce sont moins puissants que la pauvreté de la cour. Un accordéoniste est un charmeur de misère.

Je quitte ma chambre. La porte de leur loge est entrouverte. Je le contemple. Non, je ne le contemple pas : je fais le vampire à distance. La ronde, les chants, les rires auront été sa morphine. Il a dorloté ses épaules avec la pèlerine de sa femme. Je vois sa moustache en brosse de diplomate anglais. Elle est en bonne santé. Sa culotte grise est fourbue : c'est un fœtus. On a rangé les clous, les chaussures, le pied brillant, les feuillets de cuir, les tenailles, les marteaux. De lui, on a tout mis aux oubliettes. Je désire entrer, chercher, trouver. Je placerai la boîte à clous sur la table. Quand il s'éveillera, il la verra. Il réendossera sa peau de cordonnier. Je me servirai du marteau. Il croira à l'immortalité de son outil. Je mettrai plusieurs clous dans sa main qui ne frappe plus les semelles. J'introduirai une dachette entre ses lèvres. Je réveillerai son métier. La loge sent la lessive qui bout. La noce ne joue plus. L'accordéoniste ne débobine plus les romances.

Le concierge va mieux. Il marche dans la loge, mais sa voix se traîne. Il n'ôte plus la palatine qui travestit ses épaules. Le mal a fait un nid dans sa voix. Il est assis de profil, contre la fenêtre, en dentellière de Bruges. Il suit les mouvements de la concierge. Elle nettoie la cour. Elle la rafraîchit avec une burette. Colliers de gouttes d'eau. Elle s'en va, elle revient, elle s'en va. Elle ressemble à un enfant de chœur qui encense une église. Elle s'assied sur une caisse. Elle fixe la série de rafraîchissements.

Il m'a montré les endroits du carnage. Il frottait sa chemise contre sa poitrine avec son poing. « C'est là, là et encore là et là... » Sa chemise était ouverte. Il parcourait l'itinéraire de ses souffrances. Son poing longeait la trachée, les bronches, l'arête chevelue. Sa femme grattait des carottes nouvelles pendant qu'il parlait. Elle grattait fort. Elle ne veut pas l'entendre. Elle le déteste.

Le café où elle lit a été nettoyé. Il est dans son propre enterrement ainsi que les églises du lundi matin. La caissière m'appelle. Elle me tend des papiers. Je m'en vais et je reviens. Je lui demande si je peux m'asseoir à la table qui est près de la caisse. J'ai besoin d'un appui. Elle m'a écrit.

La beauté assise devant la coiffeuse ne se presse pas d'étaler les fards. Le travail est fait. Il faut seulement le vernir du bout des doigts. La beauté est sur ma table. Je vernirai sa lettre qui est pliée en quatre. Je jouis de l'écriture dont je ne distingue pas les mots. Je vois une page de cahier écolier. Je m'attache au quadrillé. Je l'ouvre avec une main. C'est plus lent. La lettre se replie. Je la repasse avec ma paume. Je m'appuie contre le mur. Je jouis de la perspective de son écriture. Je me domine. Je jouis aussi de ma domination. Je chercherai du grillage de cabane à lapins ou bien la vieille grille d'une tombe. J'entourerai cette table. Je laisserai la lettre ouverte derrière le grillage. On ne la lira pas. On ne la touchera pas. Elle sera à l'étalage. On tournera autour de la grille pour monter au téléphone puisque ma table est près de l'escalier. Je ne la lirai pas maintenant. Je fermerai la grille, je sortirai. Je m'assoirai dans un autre café, la certitude de cette lettre éclatera. L'émotion sera brûlante. Mon bonheur répandra la chaleur des tropiques. Les clients seront incommodés par mon bonheur. Ils iront se rafraîchir ailleurs. Mon bonheur me tiendra compagnie. Une suée de bonheur collera ensemble mes genoux et mes mains. Je ne pourrai plus revenir ici pour ouvrir la grille, lire sa lettre. Le soleil pâlira son écriture. Je n'aurai plus que des mots décolorés. Il faut la lire tout de suite. Je me penche. Je la tiens à deux mains, je ne la lis pas encore. J'ai peur. Je regarde son écriture difficile, mes yeux sont des aventuriers. Enfin je pénètre dedans. Je suis un pèlerin dont les pieds ne souffrent plus. Je retourne au début des phrases. C'est une écriture de course. Je me lance avec cette écriture. Je découvre son indifférence. Je ne savais pas que l'indifférence pût être moelleuse à ce point.

Elle me donne son estime, son amitié. Pour elle, l'événement est un « mirage ». Le mot glacé tombe au fond de moi. Elle voyage, elle rentrera. Elle me fera signe. Dans mon réduit, il y aura une étoile polaire : son retour. Je connais son écriture. Cela a été consommé. J'aurais dû poser vraiment le grillage autour de la table, sortir, attendre. Je cache sa lettre avec mon visage couché dessus. Je cache mon bouleversement. Je serre ma tête avec mes bras. Un garçon me demande ce que je désire boire. J'ai tout bu. Je sors du café. J'avance avec la lettre. J'y renoncerai, je la détruirai, je la jetterai sur la chaussée. Un camion roulera sur cette écriture. Le camion s'en ira, du fond des siècles, l'événement reviendra. Je la garderai. Je l'épinglerai sur le mur de mon réduit. Je la relis dans le square le plus petit et le plus délabré de la ville. Je demande à l'herbe maladive de me plaindre.

De semaine en semaine, je perds le souvenir de son visage. Je crispe le mien. J'appuie mes poings sur mes yeux mais son visage qui venait d'une source n'arrive plus. Derrière mes poings, je revois le rond de pommes de mon enfance. La rondelle est bleu nattier avec un trou au milieu. Un vide-pomme est passé par là. Ce trou est bordé d'un picot d'or. C'est ma vision la plus rajeunissante.

Je monte dans le grenier du vieillard. Je m'allonge à côté d'un parterre d'oignons. Je les touche. C'est lisse, c'est satiné. Je suis montée pour la pluie. Elle m'aide à m'installer dans une forteresse intime.

Les névralgies s'en allaient, revenaient. Elles me taquinaient. Les névralgies sont fourbes. J'ai pensé à ma fin. Elle sera violente. Je le sais. Ma vie qui charrie cela le sait. On me précipitera unc seconde dans les catacombes de la solitude. Je tomberai de solitude en solitude. Celle de tous les jours me poussera vers une autre en feu d'artifice. Entre l'accident et ma mort, il y aura une étincelle de solitude. Je le sais. Je ne peux pas le désapprendre. La personne qui m'accompagne me demande si je vais mieux. Je réponds oui pendant que je pense à ma fin. Si je le disais tout haut, je deviendrais une comédienne. Je ne sais pas pourquoi. Quand je bois, je ne le désapprends pas. Quand je bois, l'accident et ma fin courent plus vite dans mon sang; je me laisse emmener chez cette personne. Je ne découche jamais. J'ai honte de trahir mon réduit. Je peux me séquestrer dans la chambre de sa fille qui est absente. La paire de draps propres est une amitié pour ma peau. Je me cache sous les draps. Je crains cette famille. Ils ne m'ont pas vue me dissimuler dans leur lit. Je n'ose pas fermer la porte à clé. Je regrette mon verrou que je tire jour et nuit. Le lendemain matin, cette personne pose un plateau sur mon lit. Je refais connaissance avec le pain grillé des familles, leur café au lait. Mon appétit est séduit. Il voudrait revenir ici tous les matins. Je trempe mon pain en pensant à mon réduit. J'ai abandonné mes objets. Ils m'attendent. Cette personne déjeune près de moi. Quand elle a fini, elle ouvre les rideaux gris. La lumière se retient. Elle a beaucoup à nous donner jusqu'à onze heures du soir. Mon œil est gourmand. Il veut rester ici pour une fenêtre : il est apparu devant cette fenêtre une balustrade en pierre qui s'élance dans l'air parce que l'air du mois de juin entraîne aussi les pierres. Le ciel se présente à la fenêtre. Dans mon taudis, je me mets à genoux pour le voir. Ce ciel a la légèreté d'un scherzo. Le bleu est illimité. Elle ouvre la fenêtre. L'air pétille. Le soleil du matin est un grelot. Je lui louerai sa fenêtre et je me nicherai derrière avec les murs de mon réduit, avec les cloques du papier. On ne louera rien. On retournera dans le réduit. On ne trahira pas. Ma lampe démantibulée fera encore du ciel, de la lumière, du soleil. Je ne plaquerai pas mon réduit. Je ne veux pas le livrer à ce garçon livreur qui le convoite. Nos disgrâces ne seront pas désunies. Par lui, j'ai pénétré cette demi-pauvreté qui a un lit, une cuvette, une table, un évier, un placard, une poubelle, un réchaud à gaz. Je le respecte : je ne veux pas le transformer. Il m'enlève à ma laideur. C'est mon souterrain.

Elle rentrera demain. Pendant mon insomnie, je crée son pas. Je l'écoute. Je me mets sur le ventre. J'abats mes bras sur le mur. J'écoute mieux. Devenir toutes les gares pour la recevoir. Alors j'irai l'attendre. Je la verrai, je me cacherai derrière quelqu'un qui ne voit pas encore celui qui le cherche. Je la verrai de loin. Elle avancera dans le flot des voyageurs. Je l'enlèverai à ce flot. Elle avancera pour moi. C'est impossible. J'irai à la gare mais je me sauverai dans la salle d'attente. Je pleurerai auprès des couples assis qui vont se séparer.

Mes jambes à proximité de son café méritaient d'être fusillées. Ce sont elles qui désertaient. Elle m'a écrit une fois. Son indifférence ne m'a pas abattue. J'ai rebâti l'événement avec du marbre. Je n'ai pas travaillé. Elle me reverra, je serai une lampe-pigeon.

Sept heures dix me déplaît. L'angle des aiguilles est un angle trop mollet. Ceux qui se sont trouvés à sept heures ont brouté leur rendez-vous. Ceux qui ont attendu pendant dix minutes sont des canonniers qui chargent leurs soupçons. A sept heures un quart l'angle est paisible. Il s'écarte. Il s'offre sur le cadran. C'est spacieux; on peut introduire l'espoir et sa clique. Puis l'angle se contracte. Sept heures vingt accuse et condamne l'absent. Sept heures vingt-cinq est, pour celui qui soupçonne, la cigarette du condamné à mort. L'angle se resserre. Sept heures trente : l'angle est cruel, indiscutable. La demie est lâchée. Le coup tombe à l'eau. Le désespoir de celui qui attend encore n'a plus de bâillon. Déjà la soirée fait un entrechat.

Sept heures dix; devant le petit square. Je suis là avec mes bagages. Ils tirent mes bras. Ils m'attirent vers le nœud de la terre. Je porte vingt-deux kilos mais ce n'est pas suffisant. Il y a dans ma tête, dans mon corps une malle qu'il faut porter, emporter partout. Je déposerai mes bagages sur le banc, mais je m'en irai avec cette malle. Je ne peux pas me faire aider. Il n'y a jamais de porteur pour m'alléger. La malle est pourtant un bagage facile à emmener. Chacun tient la grosse poignée en fer. La mienne n'a pas de poignées. Je la porte seule, en même temps que cette douceâtre chaleur de sept heures dix du soir, racoleuse d'enlacements, le cœur du solitaire est barbouillé. Ma valise est usée. Je ne la jetterai pas. Je la porte sous mon bras. Elle se surmène moins. Elle a douze ans. Elle n'a pas voyagé. Le carton est coriace. Elle est dépiquée partout. Les fils sales volent autour d'elle. Je ne la poserai pas à terre. Elle chancellerait.

Cette malle que je porte en moi m'écrase et j'avance quand même. J'ai regardé entre les barreaux du square. La ville est une cellule mais je ne peux pas dessiner des cœurs et des flèches sur les murs. Les prisonniers ont des murs avec des cœurs et des déclarations. Les murs de la ville ne sont pas à moi. Si je m'arrête, on me demandera si j'ai un malaise. J'attendrai la nuit pour abattre mes bras sur eux. Je choisirai une rue déserte. Le prisonnier aime ses murs devant son gardien. Je n'ai pas de gardien. Ils se sont endormis sur le banc tiède : un soldat et une jeune fille. Le lierre, c'est lui. Il a mis ses jambes entre celles de la jeune fille. Pendant qu'ils dorment, ils ont créé la croix des jambes. Les ondulations blondes du soldat brillent. Elle dort. Elle continue de supporter le poids du soldat désarmé. Les visages s'appuient l'un sur l'autre. Leur repos est écoulement d'eau de source. Je n'ai pas de sébile, mais je peux tendre mes doigts entre les barreaux, je peux présenter mon émerveillement au couple assoupi. Je peux tendre mon visage. Je reçois de la lumière charitable. Il y a du duvet dans l'air.

Nous allions au ravitaillement. Les camionneurs nous prenaient à la porte Saint-Cloud. Ils étaient les favoris du transport. Ils descendaient de leur camion, ils choisissaient les voyageurs. A midi, si l'on n'avait pas été pris par un camionneur, c'était trop tard. On rentrait chez soi avec sa valise et sa douzaine de serviettes propres qui servaient à l'emballage des denrées. On attendait le lendemain matin, d'autres camions, d'autres camionneurs. Une bande de femmes faisaient les camions comme on fait le trottoir. Elles pouvaient monter dans les camions découverts. Le chauffeur en appelait deux à la fois quand il pleuvait. Il désirait plusieurs apaisements à la fois. La pluie ne lui suffisait pas. Il conduisait en même temps, mais d'une main. On avait peur de tomber dans le fossé. Le camionneur ne lâchait pas la direction. Les hommes, qui ne sont pas tous des camionneurs, détestaient ces bandes de femmes. Sur les places de province, elles faisaient le « Grand jeu » dans la cabine achalandée des camions plates-formes. Elles alertaient un convoi de dix ou douze camions menés par des Noirs. Elles passaient de cabine en cabine : acrobates charnelles qui passent de trapèze en trapèze. Ces usines roulantes payaient bien. Elles faisaient les trains de guerre, ces trains à sirène qui n'arrêtent pas dans les gares. Elles travaillaient parfois dans le fourgon. Elles buvaient le gin dans les boîtes vides de conserves. Elles mangeaient des croûtons avec du lard frit dans une huile qui était jetée après à la nuit. A la gare des Batignolles, elles lavaient leur visage avec de l'alcool, puis elles sortaient du train. Elles vendaient des denrées et repartaient. Elles ne disaient pas « tu viens? » mais elles fredonnaient *Show show baby*.

« L'homme à l'escabeau » qui nous aide à monter lui a tendu son vélo. L'un et l'autre sont de bonne coupe. Il cultive ses muscles. Il ne s'assied pas tout de suite : il piétine sur la légèreté. Ses chaussures cyclistes m'emmènent au foyer de l'Opéra. Il est en face de moi. Le camion est désarticulé. La ferraille radote. Elle endort. Il se redresse puis il pose sa tête sur la longue selle pointue de son vélo. On fume. Je suis assise sur un bidon d'essence. Je fixe sa nuque : je me suis abattue sur sa nuque. Il a ouvert la sacoche de son vélo. Il cache sa bouche pleine dans un mouchoir frais. Il est en détresse. Il fait disparaître le mouchoir dans sa poche. Il se penche. Entre ses cuisses orgueilleuses, son visage se décourage. C'est un ouvrier sportif qui se brosse souvent. Une grosse femme fume et rit. Un homme a ouvert sa valise. Il engloutit une bonne chose, puis il tend du pain sec à sa maîtresse. Elle chante entre chaque bouchée. Le cycliste a pris un autre mouchoir dans une autre sacoche. Le mouchoir est plein. Fasse que le ciel se décharge d'une pluie de paravents. Je les déplierai pour lui. Il murmure : « C'est fini. » Ses lèvres fines sont les ermites de son visage. Il enfonce son mouchoir dans sa bouche. Il croit que son mal avortera. On mange, on rit, on chante, on crie. Il désire le repos de sa tête sur la selle de son vélo. Nous avons froid. Il y a des courants d'air. L'ordure est tombée sur la valise d'un voyageur. Nous le voyons. Nous sommes stupéfaits. Le propriétaire de la valise explose. Lui, il me regarde et je lui demande pardon du mal qui s'en va de lui. Nous greffons un malaise sur son malaise. Il a soulevé la bâche. Il se penche. Nous roulons vite. Sa nuque se hérisse. Il rentre sa tête dans le camion à bestiaux. Il est intact. Sa pudeur est une amazone. La grosse femme trône sur le charbon de bois. Elle a éventré des sacs.

Si je l'avais aidé, j'aurais eu, à l'intérieur de ma main, son front chaud. Pendant qu'il se penchait, son front aurait piqué dans ma main : c'était une affaire à enlever de suite. Je suis un mauvais usurier. Je lui aurais donné mes mouchoirs. Le linge propre des autres rafraîchit mieux. Le camion était arrêté. Je pouvais descendre ses bagages, mes bagages, son vélo. Je l'aurais étendu dans un fossé. J'aurais mis ma jaquette sur lui. Je lui aurais dit de m'attendre. J'aurais trouvé deux chambres. Je l'aurais soigné. Je l'aurais lavé, peigné, nourri. J'aurais écrit des lettres pour lui. Je l'aurais guéri ou je l'aurais achevé.

Elle a prolongé ses vacances. Je l'attends. Je me simplifie un peu plus chaque jour. Je me resserre. Je suis un insecte plat et noir qui fait le mort lorsqu'il grille au soleil, sur une pierre. Je suis installée dans mon fauteuil où je repousse le mouvement. Je veux déchiffrer son retour sans bouger. J'éloigne les bruits. L'événement bat jusqu'au bout de mes doigts. J'ai fermé les doubles rideaux, mais la lumière d'août viole tout. Je me confectionne une respiration et une absence de respiration. Dans mes oreilles, le sang tape et retape. Je l'attends. L'événement est flux et reflux.

Est-elle rentrée? Est-ce elle que j'ai aperçue dans la rue? Son retour me ruine. Je l'ai trop attendue. Fixe dans le fauteuil, qu'est-ce que j'attendais? Je fabriquais de l'angoisse et de la timidité. Je me cache dans une crémerie. Les clients ne me voient pas : je suis délabrée. On ne me servira pas. Je me sauve ailleurs. Je suis traquée. J'ai posé mes bagages. Je contemple le coin de rue où elle a tourné. Quatre heures : le monde est vaste, mais il ne me fournit rien. L'après-midi décline. Je suis seule dans les rues, devant les étalages, devant les choses. Je porte mes chargements par cœur. Sur le trottoir du côté du soleil, l'après-midi est un laissé-pour-compte. Je marche sur ce trottoir maudit. Il y a des bûchers dans l'air. Avec ses grandes vitrines et tous ses stores déroulés nuit et jour, la pâtisserie qui n'ouvre plus est un sanctuaire. Ouvrez! Vendez-moi sa fraîcheur. J'imiterai le vagabond qui dort avec tous ses objets sur lui. Je me reposerai avec tous mes bagages, ma tête vaincue sur une table à thé. On ne saura pas que je suis entrée dans la pâtisserie close. J'écouterai. Dans ce vieux silence apprêté, j'aurai le pas des inconnus. A dix heures du soir, j'aurai les modulations des pas. J'aurai la confrérie des verres renversés, la sagesse des carafes à eau. J'aurai la mort d'un endroit.

Je téléphone. Je demande si elle est rentrée. D'une planète, on a répondu : « Je ne sais pas. » Le métro m'engouffre. Je cours jusqu'à ma rue. J'arrive devant la loge de mon immeuble. Elle est fermée. Je frappe. Le concierge dit : « C'est vous? » Je dis : « C'est moi. » Nous nous comprenons profondément. Sa femme est dans les étages. Elle va désespérer les jeunes télégraphistes. « Y a-t-il du courrier pour moi? » Je n'appuie pas. C'est une trouvaille du genre trèfle à quatre feuilles. Il tousse. Sa toux aura été sa seule aventure. Il a répondu : « Il n'y a rien. » Il racle, puis il ajoute : « Mais quelqu'un est venu pour vous... » Il tousse. « Ma femme vous le dira... » Je jette mes bagages. Je ne connais plus ma valise usée. Je cherche la concierge dans les étages. Les paliers, avec leurs portes fermées, sont durs. La concierge nettoie. Son fléchissement est plus pénible que son travail. Il y a de l'eau noire dans le seau. Elle dérange la crasse du sixième étage. La loque change de place. Quand elle la tord, l'eau épaisse coule sur sa main et la décore. Elle me parle avec sa tête entre ses genoux : « ... Oui, on vous a demandée... » La loque froide griffe le plancher. « Dites vite qui est-ce?... » Elle a crié : une épingle est plantée dans son pouce. Elle attache cette épingle à son corsage, puis elle continue : « ... Je n'sais pas. On dormait. La voix nous a réveillés... On n'a rien vu. J'avais fermé à clé, comme toujours. » Je vérifie la loque. Je dis : « Méfiez-vous des épingles... »

J'ajoute : « Il n'y a pas de message pour moi?... » La loque est glacée. Elle l'enfonce dans le seau. Il faut noyer la crasse. Elle ronchonne : « On ne connaissait pas cette voix-là. » Elle remue la loque qui valse dans l'eau sale. C'est un sinistre rinçage. Nous pourrions nous asseoir sur une marche. La concierge penserait à la voix. Elle la ressusciterait. Je la reconnaîtrais. Elle tord la loque. Je dis : « Était-ce une voix cassée? » Le bruit de l'eau noire qui tombe imite quand même le bruit du cristal. Elle a fini. Elle conclut : « ... J'sais pas!... » C'est blafard. Je descends. Je glisse ma main sur la rampe grasse. C'est nourrissant, la trace des mains qui ont glissé là-dessus. La concierge se penche : « J'oubliais... quelqu'un a eu un accident... Juste au coin de la rue... » Son visage va se décrocher du sixième étage. Elle continue : « On a entendu le timbre de l'ambulance... On s'éveillait. On n'a entendu que lui. On s'est rendormi... » Coin de la rue, coin de la rue, croix de la rue.

J'imagine que c'est elle qui est venue me voir. J'imagine que c'est elle qui a eu un accident en sortant de ma maison. Je cours à l'hôpital. Je me moque des entrées, des règlements. Le personnel en ailes de mouettes me poursuit. Je souffle dessus. Il s'envole. J'ai soufflé sur des dictatrices. Mon tourment est puissant. Les blessures, les malades, les mourants, les amputations, les convalescents, les délires, les dernières paroles seront à moi. Je vole de salle en salle. Mon tourment est un attelage qui m'entraîne. Je n'arrête nulle part. Il faudra dévorer tous les visages pour reconnaître le sien. Je traverse les cuisines, l'économat, une salle d'opération. Je glisse sur les carrelages propres. Les fenêtres sont ouvertes. La cime des arbres m'admire. Je n'entends pas les gémissements. Je glisse encore. Quand j'ouvre les portes, j'espère les malades et leur visage.

J'arrive dans la salle B. Je ralentis. Je vois les formes. Je ne vois pas les mouvements. On a sculpté la toile écrue des lits. Ont-ils perdu la tête sous leurs draps? Ouvrir les draps, c'est trop scabreux. Chacun conserve ses plaies sous les linges. Les rangées de lits sont des cauchemars d'immobilité. Est-elle ici? Est-elle vivante? Je ne glisse plus sur les carrelages. Je me bats en duel avec les questions. Je m'arrête. La salle B est au repos. On les a tous ensevelis. La maladie n'a plus de champ de bataille. L'hôpital est à moi, sans une main qui tremble. Ma vie me gêne. Je ne retrouverai pas son visage. Je possède quarante lits avec quarante disciplines définitives. Quand je remue un doigt, je trahis la salle B. Ils ont les gros avantages : chacun est mort, chacun n'a plus à le faire. Ma vie est devenue si fluette qu'elle passerait dans un trou d'aiguille. Je me tiens près de la porte. Je leur fais des offres de service. Je les attends encore. Ils me découragent : ils ont trop d'avance sur moi. Leur soumission surannée me navre.

Un moineau était entré par la fenêtre. Il avait volé d'un vol de circonstance dans la salle B. Au-dessous de lui, c'était paisible. Il était chez lui parmi quarante morts. J'ai admiré son ignorance. Par les fenêtres ouvertes, dehors était surnaturel. Dans le marronnier, il y avait un fin mouvement, une légende.

Je ne peux pas lever un pied. Je ne peux pas mettre ma main dans ma poche. Ils me captivent. Je parviens à sauter jusqu'au premier lit qui a été repeint au ripolin. Je m'assieds au pied de ce lit. Je ne bougerai plus. Je suis près d'eux, je suis avec eux. Dans la salle B, on n'impose rien. Je n'ai plus à renoncer à elle. Si je quittais cette salle, le souvenir de son visage, le souvenir du coin de rue où elle a tourné, la voix qui m'a demandée, s'assembleraient. Je serais le gibier d'une meute. Son retour est dehors avec le frottement du rail du tramway. Je vis. J'ai besoin de prendre. Sur la feuille encadrée, le graphique de la température est un souvenir. Avec un doigt, je parcours le chemin de la fièvre. Je recommence. Je n'ai plus rien. Je n'ose pas toucher les draps écrus. J'ai le carrelage et la roulette du pied de lit. Puis son retour m'assaille. Je me recroqueville pour y penser. Son retour est un châtiment. Les passants ont le droit de la regarder sans la voir. Quand elle apparaît, je me sauve. Je ne peux pas marcher sur le même trottoir qu'elle. Je resterai ici. Je réchaufferai le pied du lit.

J'ai abusé de la salle B. Mon isolement me donnait le mal de mer. Le silence et moi, on se mesurait. Je n'ai pas parlé à cause d'eux, mais j'ai fait du bruit sans importance avec ma tête. Elle est tombée sur mes genoux qui peuvent la consoler. Le silence était également sur ma nuque. Les murs de la salle B suffoquaient. J'ai compté les lignes de ma main, j'ai compté les feuilles du marronnier qui adulaient le mouvement perpétuel.

J'étais privée de visages. J'ai eu honte de ce que je fais sur le sien quand je le chipe. Ici, il faudrait soulever le linge écru quarante fois pour les voir. Ils ne lisseront plus le drap avec leur menton. J'ai été triste pour leurs parents. Je m'accrochais encore au pied du lit. Le temps s'étalait. Le moineau était revenu. Il m'avait mise une fois dans le cercle de son vol, puis il était parti. Il n'avait rien froissé. Dans la salle B, qui était claire, le jour n'avait pas de nuances. Un enfant a ri derrière le mur de l'hôpital. Je les ai quittés.

J'ai traversé des cours, des jardins. Derrière les massifs, des massifs de chuchotements. Je craignais le personnel, son jugement. Ils parlaient de moi. Je dépendais d'eux. Je n'avançais plus. J'ai crié : « Dites-le plus haut. » Ils ont gardé leur jugement. Le parfum austère des troènes m'a soutenue. J'ai essayé de penser aux quarante lits. Ils n'existaient plus. Il a fallu longer ces massifs de chuchotements. Que dit-elle de moi? Cette dépendance me déprime. J'ai quitté l'hôpital.

Je m'étais trop éloignée des rues. J'ai dû ramener le faubourg jusqu'à moi. Le déménagement qui galopait dans un fourgon n'avait plus de conducteur. La voiture des quatre-saisons qui avait un édredon en laitues fanées n'avait pas de propriétaire. Je revenais de loin mais j'étais plus réelle que la rue et que ses courants. Je me suis assise à la terrasse d'un café. Le garçon dormait avec un journal chiffonné sur son cœur. Celui qui les vend sur la première marche de l'entrée du métro avait un corset de quotidiens. La chaleur avait la flemme. Je suis rentrée chez moi. Je me suis allongée sur mon lit. J'ai glissé mon bras sous le matelas. Je l'ai serré. En été, le silence de ma chambre, c'est de la magie.

Quand on appelle un voisin dans la cour, je me précipite à ma fenêtre, je vis de la bonne surprise de ce voisin.

Quand j'ai été lâche avec quelqu'un, je souhaite le faire assassiner avec tout son entourage.

Pendant une insomnie, je me suis souvenue des deux truites. Je les avais mangées, il y a huit ans environ. Je les avais achetées au marché de Levallois-Perret. J'avais retrouvé sur elles la même finesse de petit paysage impressionniste. Je les avais vidées, nettoyées, enveloppées dans une étamine. Je les avais mises à l'ombre. Je dînai dehors et rentrai à deux heures du matin. Dans le taxi, j'ai pensé à elles. Je décidai de les manger. Je ne voulais pas les gâcher. Dans quelques heures, elles sentiraient la femme qui ne se lave pas. Leur petit paysage serait un paysage avarié. J'ai fait disparaître leur décoration de nuages, d'herbes, de couleurs de la rivière avec une couche de farine. Je les ai déposées dans la poêle comme deux noyées sur la berge. J'ai lu pendant qu'elles cuisaient. Je les ai fait glisser sur mon assiette. Leur paysage était collé sur le fond de la poêle. J'ai eu le bouquet des rivières pendant que je les mâchais. J'étais heureuse. Elles font partie de mon existence.

Si je m'ennuie auprès de quelqu'un, je sais qu'une sortie de secours n'est pas loin. Plus il est tard, plus cela me calme. J'arrive chez moi. J'enlève mon manteau. Je mets mon tablier. L'eau chauffe sur le réchaud. Je m'assieds sur mon lit. J'épluche des épinards. Je rassemble cinq ou six feuilles dans ma main, je casse cinq ou six tiges ensemble. C'est plus cruel. Je jette les feuilles dans une cuvette. Ce que j'entends est soyeux. Les tiges cassées tombent sur mes genoux, à terre. Je les casse de plus en plus vite. Je tire sur la feuille. Ma cruauté me ranime. J'emporte la cuvette jusqu'à l'évier. Elle est légère. Je dirige l'eau avec le brise-jet. Elles ne veulent pas être noyées. Elles montent à la surface de l'eau. Je sais ce qui m'attend. Je ferme le robinet. Je ferme mon poing. Je les enfonce toutes dans l'eau. Je recommence. Mon poing a noyé les feuilles d'épinards. J'ai joui. L'eau a vivifié cette verdure qui me donne tout ce qu'elle peut en couleur verte. Je les lave encore. Je ne les ménage pas. C'est un carrousel d'eau. Je les sors, je les enfonce dans une passoire qui peut en contenir deux fois moins. Avec la clé du gaz, j'éteins, j'accélère le chant de l'eau bouillante. Le premier bouillon est pour les feuilles. L'épinard n'est pas docile dans l'eau. Il monte. Il veut partir. Je l'enfonce avec l'écumoire. Je le surveille. Je le laisse monter, puis je l'abats. Quand il est cuit, je jette ce cataplasme vert bouteille dans la passoire et je l'arrose avec le brise-jet. Je peux me coucher. La cruauté de ma main m'a détendue.

Notre surveillante préparait son concours d'harmonie pendant que les internes se reposaient. J'avais des insomnies. La lumière de son box attendrissait mon plafond. J'avais un clair de lune unique. Vers deux heures du matin, elle faisait du café. L'odeur pointue repêchait le dortoir. J'entends encore la raclée que le vent donnait aux feuilles tombées. Je me levais, je montais sur une chaise, je les voyais. Elles se jetaient contre les troncs, contre les murs, contre la statue de la cour d'honneur. Elles ne s'envolaient plus. Elles étaient trop sèches. Les pensionnaires balbutiaient, ronflaient, se retournaient sur leur sommier métallique. Il y en avait une qui récitait des bribes de ses leçons d'algèbre en dormant. Je descendais de la chaise pour l'écouter. Elle commençait par petit *b*. Sa présence d'esprit m'effrayait. Quand elle avait fini, je remontais sur ma chaise. La cour était blême mais hautaine. La statue paraissait plus réelle que pendant les récréations. C'était un monument de froideur. Le vent s'en allait. Je rentrais dans mon lit. Je ne m'habituais pas aux draps raides. La surveillante versait son café dans une tasse. Elle toussait, elle se retenait. Elle tournait la page de sa méthode d'harmonie. Nous veillions et nous planions au-dessus du sommeil de l'établissement. Quoiqu'elle ignorât mon insomnie, nous étions Adam et Ève aux portes de la nuit.

Il pleut. Ce sont des colonnes de grosses gouttes. Je suis à l'aise avec la lampe qui est sur ma table. Nos laideurs s'entendent. Je ne changerai pas son abat-jour. Pas de chirurgie esthétique pour les objets. Je n'ai pas de cigarettes. Je n'ose pas sortir. La solitude qui se distrait sous un meuble pourrait me reprendre.

Elle me fera signe. J'ai abandonné la campagne, le village, la gare du village, la voie ferrée avec les fleurs étoilées, les tiges vieux rose qui sortent entre les rails, la lumière de sept heures du soir, enfin cette fraîcheur qui retape la joue. Je suis revenue dans sa ville. A la gare, la foule guettait sur la pointe des pieds. J'ai dû fendre la foule. Je n'ose pas me coucher. Je n'ose pas m'endormir. Je rêverais d'elle, je m'éveillerais, je serais un gros poids. J'aurais d'autres poids dans l'estomac. J'aurais un casque sur la tête qui est un casque de guerrier harassé. Elle me fera signe. Je n'ose pas téléphoner. Je n'ose pas lui écrire. Je prononce plusieurs fois son nom et son prénom, mais je ne les sors pas de moi. Quand je ferme les yeux, j'ai la générosité de sa bouche, ses petits pas affairés, son diadème de cheveux dociles, la dimension de son front, ce relèvement de la lèvre supérieure sur laquelle l'enfance se survit.

L'émotion a vadrouillé en moi. Mes oreilles bourdonnaient et m'isolaient. Elle me parlait au téléphone, j'étais sourde parce que j'étais émue. Je me suis laissée tomber au fond de l'événement. Au téléphone, entre sa voix et la mienne, entre sa bouche et la mienne, il y a la mer. Elle a dit : « Ne m'appelez plus, Madame... » J'écris cela dans mon lit de merisier : celui de la campagne. Je la reverrai, alors j'ai revu la campagne qui est mon plus grand espoir. Je dois ruser pour allonger mes jambes dans ce petit lit. Un papillon a fait une entrée remarquable. Il se détachait de la nuit. Un bouton de nacre sur une chemise noire. Il s'est cogné plusieurs fois à l'ampoule électrique, puis il s'est jeté dans la même nuit.

Descendre dans une cave, enfoncer mes pieds

dans le poussier, enfoncer mes poings dans mes yeux, appuyer ma tête contre le mur effrité. La revoir méthodiquement.

Je l'ai revue. Elle a changé de café, l'autre est fermé. J'étais en avance. J'ai rongé mes lèvres sur un banc du métro pendant un quart d'heure. Quand j'arrive dans le café, je me compose des pas silencieux. Je ne fais pas rebondir la banquette. Elle n'est pas là. J'ai le temps de m'évader. Je rêve que je m'en vais dans le café fermé : je vois les banquettes qui ont la paix. On ne martyrise plus leurs ressorts. Je ne dérangerai pas les verres qui n'ont plus à subir des contacts. Je bois une gorgée de fine au goulot de la bouteille. Je ne rêve plus car elle est là. Son arrivée est prestigieuse. Son absence n'a jamais eu lieu. Elle est là. J'ai contre ma joue cette bonne chaleur du fer à repasser parce qu'elle est assise à côté de moi. Elle me demande si j'ai travaillé. Je dis « oui, oui ». J'ai menti. Cela va plus vite. Elle est trop près de moi. Je ne peux pas la regarder mais j'ai vu la couleur de sa voix. Elle a une voix lilas. Elle a un corsage gris qui est une douce chose pour celui qui est assis à côté d'elle. J'ai les pigeonniers, les fientes, les gorges, les roucoulements des pigeons.

Je boirai un verre de fine avant de la revoir.

Je serai moins timide. Je décapiterai ma timidité qui tombera comme une tête gluante de lapin. Elle parlait. Je l'écoutais. Je suis à ses pieds. J'avais trop faim. Elle ne m'a pas vue. Elle parle. Nos mains sont sur la table. Ce seront toujours des parallèles. Je mets la mienne dans ma poche. J'ai une main absurde d'assassin guillotiné. Le garçon a posé les verres à côté des soucoupes. Je prends le sien. Je le mets dans sa soucoupe. Je ne peux faire que cela pour elle.

Quand je la quitte, je me rue sur mon visage. Je me venge sur lui. Je l'accuse. Je n'ai pas pitié de lui.

Je l'ai accompagnée jusqu'à la porte de son immeuble. Dans la rue étroite, je lui ai dit : « J'ai perdu quelque chose. » J'ai ralenti. Je jouais une comédie. Les distances sont moins longues pendant que je la quitte. Elle m'attendait. Elle lisait. J'ai reculé. Pour l'appeler et la rejoindre, il aurait fallu que quelqu'un crie : « A l'assassin. » Je m'arrêterai puis j'avancerai encore. J'entendrai la fermeture de la revue. Je tenais mon retour. J'en jouissais. Je suis tombée dans un trou. J'ai mis du temps à pénétrer dans la masse de boue. Je m'accrochais au trottoir avec les mains. Je me retenais à l'orifice de l'égout. Ma vie dépendait de l'endurance de mes mains. J'ai enfoncé mes ongles entre les pavés. Mes ongles me sauvaient. La boue était un manteau froid. Je ne pouvais pas poser mes pieds. J'usais mes ongles. Je glissais. La boue n'était pas encore dans ma bouche. Je serrais mes lèvres et mes dents. Je préservais ma langue contre l'envahissement de la boue mais je saignais. Ne pas crier au secours était mon seul secours. Sous la boue mon corps était pauvre. Mes os allaient se rendre. Dans mes chaussures, mes pieds étaient les plus misérables. La boue me serrait. Elle était costaude. Sur le trottoir, celle qui lisait me cherchait. Elle pensait que je m'étais sauvée. Elle passerait à côté du trou. Je ne pourrais pas sortir ma tête. Mes ongles n'avaient plus de forces. Mes pieds n'avaient plus de formes. J'étais dans un sale moule. Je priais mes ongles. Elle arrivait. J'avais de la boue dans mes oreilles mais je reconnaissais quand même son pas que j'aimais au-delà de la boue. J'ai desserré mes lèvres. L'ordure est entrée. Je lui ai résisté avec mes dents serrées. La boue a végété devant mes dents. Derrière, j'avais l'eau du dégoût, mais j'étais loin des nausées. Je défendais ma peau. J'ai craché. Son goût je le connaissais, puisque je mange toujours seule. Les ongles de ma main droite se sont cassés. J'ai chaviré du côté droit. La boue serrait ma taille. Elle me couvrait. Je n'avais plus à penser à celle qui m'attendait. Il y a eu d'autres ongles cassés. J'ai glissé encore. J'ai pénétré la boue. Je n'avais que des ongles rognés. Les cheveux sont arrivés : cheveux du barbier, cheveux du posticheur, cheveux du grand coiffeur, cheveux des écoles de coiffure, cheveux dans le dos, cheveux des brosses à cheveux, cheveux des médaillons, cheveux des administrés, cheveux de ceux de Cayenne, cheveux de la typhoïde... Elle venait, elle me cherchait. J'avais une bouche pleine de cheveux. Mes mains ne me retenaient plus. Ma vie était derrière moi. Ma tête s'en allait. Ma tête s'enfonçait. Je ne pouvais plus lui dire ce que je voudrais lui dire.

Laissez-moi vous appeler Madame sur le papier... Le respect me soûle. Le respect c'est du vieux cassis. Vous êtes ma statue mais une statue qui peut faire de la buée sur une vitre. Je viens de vous quitter. Comme vous étiez hagarde dans ce café provisoire puisque votre café habituel est fermé. Peut-être attendiez-vous quelqu'un. Je ne l'ai pas demandé. Ma délicatesse n'était pas généreuse. Je ne vous ai pas demandé le nom et l'adresse de la personne que vous attendiez. Je ne veux pas que vous attendiez. Tout doit être prêt pour vous. J'aurais trouvé cette personne et je l'aurais poussée en avant. J'aurais lancé pour elle le tambour de la porte du café. La porte aurait tourné pour rien. Alors les vitres bombées seraient revenues mais je ne serais pas entrée dans le café. Personne ne revient pour moi. Quand je me sauve, personne ne me prie de revenir. Une question, c'est une brute. Je ne pouvais pas vous la poser mais je déteste ma politesse. Je suis dans mon réduit. Un ballot de viande fraîche. Le chagrin est au fond de mon corps. Je ne peux plus me déplacer avec lui. Il n'y a pas de maternité ouverte pour ce genre de délivrance, pas de signal d'alarme. Pas de poste de secours. Je m'allonge sur mon lit, mon chagrin s'étale. Le serrement de mon gosier est un serrement féroce. Je n'ai pas le courage d'enfoncer deux doigts et de rendre jusqu'à la dernière goutte. Végétons l'un par l'autre.

Votre visage soigné et souligné, vos trois paroles, vos silences n'étaient pas pour moi. Vous attendiez. Je connais les affres de l'attente. Vous me faites signe, j'arrive. Votre exactitude est un réconfort.

Pendant que vous attendiez, il y a eu des lambeaux d'orage. Une cavalcade de roulements hypocrites. Le ciel devenait un grenier sans trappe. Des souris géantes le traversaient. Du bleu ardoise s'est resserré autour des arbres. Dans l'air, un nid pour des tragédies.

J'étais assise en face de vous, sur le bord de la chaise du condamné à soi-même. Ce commencement d'orage devint mon espoir. Je le suppliai de se déclarer. Une paix considérable glisserait derrière lui. L'orage s'est désintéressé de la ville. J'ai entendu des coups endoloris, des éclatements feutrés, de mols éloignements sonores. Cet orage baladeur a changé l'atmosphère. Des bouquets de pluie. Une auto s'est sauvée. Le tonnerre ne se dégageait pas du ciel. J'ai supplié le marronnier et son melon de vert obtus. Un regain de pluie, puis le ciel a privé de sortie la pluie. J'ai quitté le café.

Se laisser tomber à côté du kiosque à journaux. Enlacer cette colonne dans laquelle subsiste une vieille femme qui mange d'une main, qui tend un magazine de l'autre. J'ai désiré les évanouissements des simulateurs. S'étendre et se détendre en public. J'ai avancé. Tout me quittait. Ma tête était trop loin de moi. Au coin d'une rue, un vendeur d'animaux automatiques m'a proposé sa marchandise.

Donne-les tous. Je les vendrai pour toi. Voici la craie. Dessine le contour de tes pieds. Je placerai les miens dans les dessins. Décalque vite ta présence. Regarde de mon côté. Embrouille mon regard. Embrouille tout. Tu t'ennuies. Tu ne possèdes que des animaux automatiques. Tu as attrapé l'ennui automatique. On a collé un œil de poisson sur ton œil. Je te propose une commission éclatante. Voici l'argent. Prends le métro. Cours au cirque Médrano. Rafle les places. Paie, donne des pourboires. Pendant que le personnel bourdonnera aux guichets de la location, introduis-toi chez les fauves. Voici un supplément qui domptera le dompteur. Pendant que tu agiras, ton œil de poisson se décollera. Ta condition de vendeur automatique se détachera de toi comme un maillot. Tu agaceras les moustaches cirées au Lion Noir du dompteur avec des billets de banque. Tu lui proposeras l'enlèvement de son tigre le plus tigre. Il faut quitter le cirque avec cette bête qui saute au-dessus des piles de velours. Tu proposeras un divertissement à ce dompteur qui sera en chômage. Conseille-lui une promenade au Bois en fiacre découvert, parfumé au jasmin, accompagné d'un fouet figé. Cela le changera des effluves mastocs, des mauvais sifflements que son bras déclenche. Tu tiendras la bête à pleine peau. Ta main, qui n'est plus jeune mais qui est goulue, sera heureuse. Vous effraierez les rues. Tu penses aux agents de police. Le dimanche, ils rêvent lourdement. Mais ne circulez pas trop longtemps à pied. Il y a ceux qui s'ennuient, ceux qui guettent derrière les rideaux. Le passage du tigre pourrait les éveiller. Vous attaquerez un véhicule. Tu feras monter le fauve dedans. Une voiture de déménagement sera parfaite, mais il n'y a que le pauvre qui déménage le dimanche. Il se sert de la voiture à bras. Laisse le pauvre transporter ses pauvretés ailleurs. Guettez une ambulance. Je te dis qu'il y en aura une. Dans la cour de l'hôpital leur départ se règle comme les saisons. Deviens plus tigre que lui. L'infirmière et le chauffeur au visage amidonné décamperont. Tu ouvriras les portes coquettes qui ressemblent à celles des glacières. Tu prendras le malade, tu le mettras sur ton épaule qui sera duvet de première qualité. Un malade est un objet précieux dans le genre vase de Soissons... J'ai peur de ton épaule. Approche. Elle est maigre. Ce sont les meilleures. Un vrai moule à tendresse. N'imite pas ces ambulanciers et ces brancardiers qui travaillent à l'abattoir de Chicago. Assieds le malade à côté de toi, près du volant de l'ambulance. Tu ne t'ennuies plus. Tu sais tout improviser. Tu conduiras cette machine. Ne dépasse pas le vingt à l'heure. Honore la souffrance du malade indigent. Tu ralentiras devant la pharmacie ouverte, devant son étalage aux poires monstrueuses remplies d'eau verte. Attaque la pharmacie avec le tigre. Renverse les spécialités, marche dans les poudres, écrase les comprimés, broie les pastilles, casse les flacons. Mets le feu, avec ton briquet, aux prospectus qui mentent autant que les voyantes. Rafle l'eau de Cologne. Mets-la dans les bras du malade. C'est honnête, l'eau de Cologne. Tu démoliras la civière, cette litière des vaincus. Le tigre s'allongera sur le plancher de l'ambulance. Une planche, c'est sincère. Pas de bavures pour notre corps. Les morts entassés les uns sur les autres dans un trou, je trouve que c'est superbe. C'est la vraie communauté. Je m'allonge sur le plancher, alors le bois m'apaise parce que les planches lisses ne promettent rien. J'oubliais le timbre de l'ambulance. Démonte-le. Piétine-le. C'était un timbre trop volage. Nous exciterons le tigre sur un terrain vague quand tu reviendras. Il nous dévorera. Il nous délivrera.

Il est parti. Je vois encore son dos. Son dos est parti. J'ai posé mes pieds dans le dessin de ses pieds, mais tout me quitte. On ne peut pas décalquer une présence. Ma tête s'en va. Reviens ma tête. Souffrons ensemble. Ma main tient la laisse de l'animal automatique, mais ma main est quand même au rebut avec mon visage, avec mon ventre, avec ma peau, avec mon bras, avec le creux de mon bras, avec mon épaule, avec le creux de mon épaule, avec ma bouche. Je peux me jeter sur les murs, sur les portes. Je peux serrer les arbres, les colonnes. Je peux toucher les étoffes. Je peux regarder les autres. Je peux adorer mes malheurs. Je peux me donner à la nuit. Qu'il se lève mon tueur. Il ira chez Aimé, le charbonnier de ma rue. Il choisira une hachette au tranchant argenté. Il ouvrira son veston, il la cachera dedans. Celui qui vole le pain fait cela. Il montera dans la petite auto rouge des pompiers. C'est pressé. J'appelle au secours. La ville digère dans les cinémas ou bien canote sur la Marne... Le voici mon tueur. Il est pressé et précis comme un pompier. J'ai déchiré l'encolure de mon pull-over. J'ai retroussé mes manches. J'ai enlevé mes chaussures. Je les ai jetées dans le ruisseau. C'est du bafoué, les chaussures. Elles se recroquevillent pour héberger nos formes. Mes pieds sont heureux. Le trottoir tiède est gentil avec eux. Je relève mes cheveux. Il faut aider le tueur qui a tout à faire. Êtes-vous prêt? Je fléchis. Ma nuque se remet entre ses mains. J'attends. Je découvre un peu de poussière de diamant, la même poussière qui pare les entrées du métro. Je m'attache à cette poussière, à la bonne chaleur qui est sous mes pieds. Je tourne la tête. L'auto rouge passe à côté de moi. Quelqu'un a jeté la hachette dans le ruisseau. Le son du klaxon drogue la rue. Je me rehausse. Mes chaussures sont mouillées.

J'abaisse mes cheveux. Je ramasse la hachette. Je cherche un égout. Je la jette dedans, puis je remets mes pieds dans les dessins à la craie. Le tueur n'a pas voulu de moi.

J'ai commandé au vendeur d'animaux automatiques. Il a obéi. Dans ma bouche, il y a ce goût amer de la chicorée grillée. Je m'agenouillerai, et je lui demanderai de me commander. Elle dira : « Voyons, relevez-vous... » Son intonation dégagée de mon agenouillement commandera le découragement noir. Il n'y aura pas de soulagement.

Je pouvais faire le dynamiteur. Le café où elle attend aurait sauté. Un tas de cendres. Je n'aurais pas reconnu ses cendres. La révolte, c'est de la contrefaçon. Pendant que je me révolte, je glisse sous ses pieds. Ce n'était qu'une contorsion. Le vendeur d'animaux automatiques ramènera un tigre. Nous serons dévorés et délivrés ensemble. Le dimanche, ce sont les rues qui se reposent le mieux. Le dimanche, c'est de l'humus. Décomposition de l'inactivité. La pourriture est dans l'air. On n'achète pas les lapins automatiques. Les chirurgiens ont trop mangé, les opérés se meurent. Une fourmi. Qu'est-ce qu'elle cherche, qu'est-ce qu'elle trouvera sur un trottoir? M. S. m'appelait « la fourmi ». M. S. a disparu. J'entends son rire. J'entends le rire d'un disparu. Je ne peux pas avaler ce caillot de tendresse. J'entends encore pendant que je me promène sur une corde raide avec mon chagrin. On m'enlève le souvenir de ce rire. On m'enlève tout. J'ai faim. On m'enlève les miettes. J'ai trop mal au cœur. Ma tête me quitte. Je tombe sur le trottoir. Elle attend dans le café. Je rampe. Elle attend dans le café. C'est moins triste quand on avance. J'ai faim. Elle attend quelqu'un dans le café. Je rampe mais j'avance. Le trottoir est chaud. Je ramperai et je ne trouverai rien. Je cherche avec mes lèvres, avec mes dents. Il n'y a plus de poussière. Le trottoir du dimanche est neuf. Mes lèvres cherchent entre les pavés. Les plaintes ne passent plus entre mes lèvres. Mes lèvres et mes plaintes sont à l'abandon. Je meurs de faim. Personne ne le voit. Je ramperai jusqu'au café où elle attend. De nouveau mes lèvres seront deux bourgeons. Elle sortira du café. Elle ne verra pas mes mains qui sont à terre. Elle marchera dessus. J'aurai ses petits pas essoufflés sur la peau de mes mains.

J'ai commandé au vendeur d'animaux automatiques. Il a obéi. C'est moi l'esclave. (Ma mère me commandait. J'étais dans un dur paradis.) Je lui achèterai un litre de fine. Il faut embrouiller la fin de notre vie. Pas de révision. Comment vais-je m'embrouiller? Le prodigue M. S. m'appelait « la fourmi ». Ma solitude est avarice. Je me réserve comme un onaniste dans un bordel. Si j'avais faim, je trouverais les écorces, j'atteindrais le cœur des saveurs, le coquillage vide qui a encore du goût, le taillis avec la prunelle ténébreuse, la neige fondue, la feuille de menthe qui épice le bout du doigt, le pommier de la route nationale, la pomme dure. Je ne trouve rien. J'effraie les routes. Qu'ils défilent nombreux dans mon réduit. Je baiserai seulement leurs vêtements. Plus les vêtements seront rudes, plus ce sera réel. Mais le monde ne rappelle pas les rebuts. Il m'accorde les pierres, les murs, les colonnes, les statues. Quelquefois on me fait des signes. Une main dessine des huit avec la cape rouge du toréador. Je fonce sur eux, mais ils ne sont plus là. Ma main, qui était partie la première, cesse de vivre. Jour et nuit, je boucherai mes oreilles. Je serai familière avec l'univers plat du sourd. J'entrerai dans mon lit, je m'allongerai fermement. Je serai une reine en pierre sur un tombeau. Je tirerai le drap du dessus. Il ne me touchera presque pas. La fenêtre sera ouverte. La cour sera un théâtre rêveur. Elle n'aura pas besoin de sujet. Sur une vitre propre, il existera un effet de moire. Je fermerai les yeux : j'emporterai tout. La solitude et moi nous serons l'une sur l'autre.

J'engloutis seule des nourritures. Elles ont toutes le même goût fade de la terre. L'arbre se nourrit de la terre, mais il l'ombrage ainsi que cette herbe traversée de lumière qui a poussé autour du tronc. Quand l'arbre est sec, il n'occupe plus inutilement le terrain. On l'abat. Sa fin est une grande flamme. Je ne réchauffe personne. Je ne suis ombre fraîche pour personne.

Les arbres ne se nourrissent pas inutilement de la terre. Je me nourris inutilement de choses qui ont le goût de la terre pour enlaidir, pour vieillir, pour m'éteindre. Bûcheron, lève-toi. Abats-moi à l'improviste.

J'engloutis mon repas de midi, puis je cours au bureau de poste de mon quartier. Je m'assieds sur le banc de ceux qui attendent la communication téléphonique avec la province. J'écoute le tam-tam des tampons. Les bureaux de poste auront été mes oasis.

Assise à ma table, j'essaie d'écrire. Pendant que j'essaie, je me délivre laborieusement et innocemment de mon incapacité d'écrire bien. Ma plume grince. Je gémis avec elle. Nous gémissons pour rien. Nous formons ensemble des mots inutiles. J'ai honte d'infliger ce travail à ce petit objet capable. Pendant que je m'efforce, je trace la voie à mes impossibilités et je les oublie. Ce paragraphe les représente. Je ressemble à une personne qui se croit puissante quand elle lance de la poussière en l'air. Cette poussière retombe sur sa chevelure. Mes impossibilités retombent sur cette page. Plus je m'efforce, plus je crois que je travaille bien, plus je m'égare, plus je me drogue avec mon effort. Capables et incapables d'écrire, nous suons de la même sueur. L'effort est un faux frère.

J'amènerai le cœur de chaque chose à la surface. Je me redresserai, je revivrai. Puisque je suis morte pour les autres, à mon tour je les abandonnerai. Chaque fois que je contemple la boîte sur ma table, je reçois d'elle une leçon de stoïcisme. Le stoïcisme de chaque chose n'est pas contraction intérieure, mais plutôt abandon rentré. Si j'allais en prison, je me resserrerais comme une chose. Chaque chose est contemplation rentrée. Il y a dans ce monde-là, comme dans celui des statues, un narcissisme à l'étouffée. Les choses qu'on ne remue pas sont des déserts moelleux. Le silence du monde des choses fait figure d'étrangleur.

Je créerai de fins outils qui affineront ma pupille, qui façonneront ma sensibilité, qui l'aiguiseront tout en la simplifiant. J'ai déposé la boîte sur mon divan. Je me suis allongée à côté d'elle. Il n'y a plus eu besoin d'un fil conducteur. Nous avons dégagé, nous avons échangé le cœur de notre cœur. Lorsque mon amour des choses aura pénétré chaque chose, j'aurai la solitude à mes genoux. Je ne remuerai plus, mais je ne serai pas morte car j'aurai les trésors d'immobilité de toutes les choses. Mon humilité ne sera plus de la caricature. Les parois de mon réduit seront aussi sûres que celles des prisons. Je ne sortirai plus. J'oublierai octobre, le battement des feuilles qui se décrochent car, dans l'univers des choses, le reflet d'un bruit démolirait tout.

Il y a des jours où je les saisis mieux si je les regarde à l'improviste, si je les surprends. Si je les fixe longtemps, je les épuise et je les perds. Leur immobilité aux dernières extrémités exige de nous la pudeur, la légèreté du regard. Je cire souvent ma table ainsi que les objets dessus. La cire est un intermédiaire conciliant.

Rendez-vous avec les trois cents chaises de l'église Sainte-Marguerite. Je me tiens debout derrière ces troupeaux de choses. Je suis leur chien de garde. Je suis fière d'être cela pour elles.

Elle n'était pas au rez-de-chaussée du café. J'étais soulagée car la revoir est aussi un arrachement. Il a fallu monter l'escalier. Elle lisait. J'ai avancé. Elle devra fermer son livre. Je la dérange. Je suis coupable. Elle me prend tout et, de vive voix, je n'ai pas l'ordinaire à lui donner. Elle a dit : « Comment allez-vous? » Sa question m'a anéantie. M'enfuir comme un moucheron par la fenêtre du café. Elle a dit : « Vous avez du noir au-dessus des yeux... » Elle l'a dit froidement. J'ai enlevé le noir. J'ai eu honte de cette coquetterie qui lui était destinée, qui avait perdu d'avance. Je suis à côté d'elle. Ma laideur n'est pas touchée par sa présence. Mes traits durcissent. C'est dur sa présence. Un client devrait me prêter un masque. Elle est là. Il n'y a jamais eu d'absence et je suis désolée pour cette absence qui me laissait emmagasiner de l'espoir. Quand je suis en ville et que la nuit tombe, je suis désolée pour ces routes, pour ces croisements de routes que j'ai traversées une fois, que je ne reverrai pas. Je suis fautive de n'être pas sur ces lieux puisque je suis attachée à eux. J'enfonce mon poing dans ma joue, je massacre ma joue, tellement l'abandon des petites routes au crépuscule me prend aux entrailles. Elle me prêtera un repas. Sa patience sera surhumaine. Quand nous aurons dîné, nous passerons deux heures dans un bar. Elle bâillera discrètement mais je rejetterai son ennui. C'est au milieu du repas que je m'habitue à sa présence. Je dévore son visage. J'escamote son ennui. Je suis un anthropophage.

A une heure de l'après-midi je cours jusqu'à la rue de Reuilly. J'ai un rendez-vous avec le mur de l'école communale, avec les cris des enfants qui arrivent en avance et qui jouent. Ils se déchaînent. On entend des jouissances espiègles, des jouissances brèves, d'autres qui se prolongent. On entend des jouissances sauvages, des jouissances effilées. On entend des cris de rats. Ce sont des rires d'enfants. Je m'applique à démêler leurs cris. Ils font crisser les graviers. Ils les foulent, ils les soulèvent, ils les dispersent. Je devine que les graviers s'envolent. Dans cette cour, au-dessus de ces délivrances tapageuses, l'air charme les feuilles des platanes. Ce tendre remue-ménage est accompagnement doucereux au-dessus des écoliers. Tout à coup les garçons se taisent, mais les feuilles dodelinantes continuent d'être charmées. Ceux qui ne criaient pas ne parlent plus. Le silence les essouffle plus que leurs jeux. La rue est pauvre, mais le haut-parleur de la caserne repêche les passants. Je me tiens sur la grille du trottoir. La chaleur du métro monte entre mes jambes. Je respire la vieille odeur du métro. Ils ont recommencé mais je m'en vais. Leurs cris me rattrapent. C'était un mauvais rendez-vous.

J'entre dans un bureau de tabac. Les buralistes sont toujours assises. L'emplacement est réduit. Ce qu'elles vendent est léger. Elles ont une petite balance et une grosse poitrine. Entre deux vitrines, leur comptoir est intime. On ne s'aperçoit pas que la porte du café est ouverte derrière soi. J'achète un timbre à la fois. J'y retourne souvent.

Quitté les cris de la rue de Reuilly, acheté du papier à cigarettes, une plume rouillée à cinquante centimes, un cahier. Couru follement jusqu'à mon réduit, tombée sur mon lit. Un assassin qui n'a plus rien à faire.

Je lui ai donné un ticket de métro, j'ai fait signe à la serveuse de lui allumer sa cigarette. Louer une personnalité chatoyante, une intelligence qui pourrait se maintenir au niveau de la sienne, apparaître devant elle avec un loup de velours noir.

Quelqu'un a dit : « Elle est toute dorée. Il faut que je dépose un paquet chez elle. » Elle est revenue. Je ne le savais pas, je le sais et c'est la même chose. Les mots des autres ont dévoré mes globules rouges. Je me raidis.

Mes paupières ne m'obéissent pas. Je n'ai pas le droit de prendre le paquet, de le porter, de frapper à sa porte, de m'extasier. J'ai le droit de dissimuler l'événement. Je descends aux lavabos du café. La glace me donne une leçon. Je suis trop vieille pour tomber à ses genoux. Je la ridiculiserais. La dame des lavabos est bonne. Elle murmure : « triste temps ». Je réponds « triste temps ». C'est une dose de chloroforme. Je m'enferme dans les w.-c. Le cloître est intime. Elle les désodorise fameusement. L'émail des murs est une multitude de pointes d'épées. La phrase défile : « Elle est toute dorée, toute dorée, toute dorée... » On m'attend. Il faut sortir, remonter dans la salle. Je dîne avec la personne qui lui portera un paquet. Je mange, je divague : je me sauverai du restaurant. Je galoperai jusqu'à son immeuble. Il est neuf heures. Elle est sortie. Je guetterai son retour. Je m'introduirai dans une entrée. Je m'assoirai sur le couvercle d'une poubelle pleine. Les pas des autres seront bons pour moi. Je reconnaîtrai le sien. Son pas est mon petit enfant. Je vois son manteau beige. Je le vois trop. Je n'ose pas partir mais je continue de divaguer : il est une heure du matin. Tous les pas sont morts. Les agents boivent du jus chaud. Ils ont mis leur demi-pèlerine. Ils redeviennent des hommes entreprenants. Les immeubles sont des vaisseaux fantômes. Elle vit quelque part dans la ville. Ce n'est pas suffisant qu'elle vive. J'irai jusqu'à la rampe de l'escalier. Je baiserai cette crasseuse. Je serre déjà la boule de la rampe dans mes mains. Je vais à la porte de son immeuble. Des étoiles sont arrivées. La nature pensait à toi et ne te le disait pas. Il a plu : c'est trop beau. Merci, la pluie. Il a plu, je vois le satin sur les pavés. Je ne distingue pas les ruisseaux. Les fenêtres ne donnent plus rien. La température adoucit ma peau. J'ai une joue en peau de pêche. Je ne connaîtrai jamais son palier, ses fenêtres. Je ne toucherai pas la porte de sa maison. Elle arrivera et me verra à l'ouvrage. Je rythme ma respiration. Elle arrive. Elle est emmêlée à la nuit, mais elle arrive. Je crée son arrivée. Je la sortirai du ventre de la nuit. Je tends mes mains. Elles reçoivent le brouillard qui est du tulle noir.

Mon renoncement fortifie. J'ai un attelage. Elle a parlé de l'événement avec simplicité. Je croyais qu'elle me quitterait en sortant du restaurant. Elle m'a emmenée dans un bar. Le temps était allé ailleurs. Le lendemain, je me suis levée à midi. Pendant des heures j'avais démonté et remonté notre soirée. Je ne pouvais pas partir pour la campagne. Je n'étais pas détachée d'elle. Je n'ai pas ouvert les doubles rideaux. Il faut étirer cette soirée. Elle me voit à travers l'événement qu'elle a inspiré. Elle est ma qualité. La campagne engourdira l'événement. Je ne quitterai pas la ville. Je signerai un nouvel engagement. A deux heures de l'après-midi les rues sont poignantes. On digère dans les maisons. Les chiens reniflent. J'entre dans un bureau de poste. Le téléphone est là. Les cabines sont libres. Je ne téléphone pas. Le renoncement a eu la priorité mais je respire difficilement. Je m'appuie contre la planche aux annuaires. C'est une tuerie distinguée. Je m'approche de la cabine téléphonique. Je touche le bouton glacé de la porte.

Qu'elle m'ordonne d'enlever mes chaussures, qu'elle m'ordonne de courir sur les cailloux, sur les clous, sur les morceaux de verre, sur les épines. Je saurai le faire mais elle n'a pas besoin de mes pieds nus sur les cailloux, sur les morceaux de verre, sur les épines, sur les clous. Je le comprends. Je crie dans ma chambre parce que je le comprends.

Hier 24 novembre fut une journée de faux printemps. Des chèvres mangeaient les feuilles mortes. Elles les croquaient comme des biscottes. Les dernières feuilles qui tombent font des bruits d'osselets. Au crépuscule les bois étaient bleu marine, empaquetés et ensorcelés. Il est apparu un feu tendre au ciel, des lueurs prophétiques entre les arbres. Dans un jardin potager presque ruiné, les choux rouges étaient forts. Les pommiers vert-de-gris avaient de la mousse et des convulsions. J'ai cligné des yeux. J'ai découvert la cour des miracles. Toutes les verdures sont parties, les infirmes se montrent. Il y a cette odeur qui vagabonde et qui ressemble à celle de la tarte aux pommes.

A la campagne les couples ne se donnent pas le bras. Dans les villes ils s'enlacent partout. C'est déprimant pour le solitaire. Je me demande comment ils le font. Au village, ils le font, mais je m'engourdis et je ne me pose pas de questions.

La pluie a commencé comme une inspiration. On déverse des confidences sur les toits. La pluie est là. La tristesse ne picote plus ma gorge. J'éteins ma lampe. La pluie se presse. Des grosses gouttes tombent sur le carton bitumé du hangar. C'est majestueux. Voici les effusions des gouttelettes. Mon réveille-matin est arrogant avec elles. Des petites gouttes font la seconde partie dans les coins de la cour. Quand il ne pleut plus, l'eau qui s'en va des appuis de fenêtre est lourde. La pluie revient. Elle s'emballe. C'est un froissement de rideaux de faille. Les gouttes qui tombent dans un seau d'eau imitent les truites qui se retournent dans le cours d'eau. Maintenant elle rosse les toits.

La nature fait de solennels préparatifs pour recevoir la Toussaint. Le vent bouleverse les basses-cours, il propage le désordre jusqu'au duvet intime des volailles. Bruits de marées sur plusieurs plans. Les arbres ont leur crise de désespoir. Un sapin n'est pas tout à fait tombé sur le sentier. Je vais dessous. J'ai honte de frôler ce mort. Œillades des fenêtres éclairées. Espionnage gratuit des lumières du village. Le vent d'automne me récure intérieurement.

Quand je la revois, l'émotion est si grande qu'elle me détache d'elle. Elle avait couru dans la rue pour me rejoindre. Sa présence inattendue m'avait durcie. Ensuite je m'étais réfugiée dans une quincaillerie. J'avais désiré payer la marchandise deux fois et valser avec le garçon de magasin... C'était avril avec du cristal dans l'air. J'ai couru à la campagne le lendemain. A la descente du train j'ai eu une brise marine qui parle à la peau. Un peu plus loin, j'ai trouvé le chant du rossignol qui aère la nature.

Après les jours fériés, les enterrements regagnent des points. Je me jette sur les initiales argentées des tentures. Un D : le nom de ma mère. Un B : son prénom. Un L : mon nom. A onze heures du matin, nos initiales sont mortes ensemble. Je pense à sa mort tous les jours. Je guette un cataclysme. La terre ne tremblera pas mais je tremblerai si fort que je ne pourrai plus poser mes pieds sans projets sur le sol. Je lis et relis les faire-part cloués avec des punaises rouillées sur les portes. Je racole des noms de famille. Voler cette lettre en papier glacé, la glisser dans mon tiroir, l'acclimater. Je me mélangerai aux noms propres. L'homme qui relève les chiffres des compteurs à gaz de notre rue lisait en même temps que moi. Une enfant est entrée dans une boutique dont les légumes ont perdu leur fraîcheur pendant le dimanche et le lundi de Pâques. Elle a choisi des asperges. La marchande les pèse. L'autre prépare l'argent sur la paume de sa main. Elle paie tandis que la commerçante lui vole le poids, la qualité, le prix. Les laitues fanées sont lamentables. Les feuilles se sont séparées du cœur. Elles se vautrent de tous les côtés. Je connais leur douceur perverse.

Quand elle sera malade, je n'abattrai plus ma violence. Je poserai la hache contre un arbre. Je n'entendrai plus cette batterie de la hache. Je n'étoufferai plus dans mes poings des colombes prêtes à partir. J'ouvrirai mes mains, j'irai m'étendre devant sa porte. Les mains vides, j'irai vraiment. Je m'étendrai dans le couloir, j'adorerai la porte de sa chambre de malade mais elle n'est jamais malade.

Elle vient, elle parle, elle est vraiment là. Elle ne traînasse pas derrière elle-même. Les autres arrivent mollement. Entre eux et moi, il y a les marécages de l'hésitation. Je la revois : c'est une attaque à la baïonnette.

Devenir patiente. Imiter la petite chaise d'église qui est derrière la grande et qui attend le monde pendant une semaine. Je l'ai trouvée mais entre elle et moi il y a les fils barbelés, le mur des propriétés aisées qui sont protégées par une rocaille d'éclats de verre. Je la revois : les vagues étirent plus près de moi leur lyrisme, le feu monte jusque dans ma chevelure, le pain tendre éclate et se montre. Mais je ne peux pas me rafraîchir, me réchauffer, me nourrir. A côté d'elle, je meurs de soif, de froid, de faim. Elle est libre, libre. Je me suis liée à elle. Je suis mon affameur. La nuit, je veille sur mon lit. Je me décharge d'elle. J'imagine que je la dépose sur le plancher, faible et abandonnée. Je m'assieds sur mon lit. Je m'appuie contre le mur humide. Je retrousse les manches de mon vêtement de nuit. Je travaillerai. Je lui rendrai ce que je lui avais enlevé. La fenêtre de mon réduit est ouverte. Un personnage grotesque l'escalade. Il tient la pancarte des manifestants autour de la Bastille. Il saute sur mon édredon. Il marche sur mon corps. Il ajuste sa bouche sur la mienne. Il siffle : « Lis, mais lis donc!... » Il n'y a rien à lire sur la pancarte. Elle attend au milieu du réduit. Je lui avais mis des haillons. Elle se tient droite dans ses haillons. Elle fixe la porte. Le personnage danse sur l'édredon. La pancarte s'illumine. L'inscription se détache du bois. Je lis que je désire profiter de ses haillons. Je glisse plus bas que mon oreiller. Ma défaite est à plat. J'abaisse mes manches, j'allonge mes mains. Je ne peux pas la vêtir, je ne peux pas la nourrir, je ne peux pas lui rendre ce que je lui avais pris en rêve. On ne lui prend rien. Le renoncement est insatiable. J'appartiens, malgré moi, à la race inutile des glaciers.

Lundi de Pentecôte. Je me suis réfugiée dans l'église Sainte-Marguerite. Trouvé un endroit dans lequel je peux m'absenter. J'étais debout derrière les trois cents chaises. Cet ordre, cette fraternité silencieuse me donnaient des palpitations. Il n'y avait pas de soleil. Les vitraux se réservaient. Le monde fabuleusement résigné des trois cents chaises est devant moi. Les choses m'acceptent mais je me dérobe. Je n'ose pas couper le cordon pour venir au monde dans ce monde. Je les aime mais je suis indigne de leur humilité. Trois cents chaises abandonnées par les offices m'attendent. Nous serons trois cent une présences. J'avancerai dans la grande allée, j'ouvrirai mes bras, trois cents choses se mettront dans mes bras. Elles seront en retrait du silence. Trois cents coups d'épée. Je pourfendrai le silence. Elles me couvriront de gloire. Les choses manquent de héros. Je ne peux pas m'enfoncer jusqu'à elles. On avait commencé de les créer et je ne peux pas continuer l'ouvrage. Je ne peux pas m'introduire dans leur léthargie. Quelquefois je les réchauffe, mais la paume de ma main est tout de suite fatiguée. Jetez-moi dans le monde des choses. Ce ne sera pas douloureux. D'elles jusqu'à moi, il n'y a qu'une marche, cette marche a l'épaisseur d'un cheveu. Je claquerai une porte, j'éveillerai ce monde. Je le défricherai. Je serai le créateur de l'amour des choses.

Je me suis agenouillée devant le dossier d'une petite chaise, pour cette petite chaise. J'ai pris le dossier dans mes bras. J'ai touché le bois ciré. Il est affable avec ma joue. Le bois est bon. Il a la mission de pourrir en même temps que nous. Mes larmes tombent sur la paille. Elle ne reviendra pas. Elle est en Suisse. Elle est dans un pays intègre et ce pays l'a enlevée. Je ne peux pas lui écrire, je ne peux pas l'appeler sur un télégramme. Je peux barbouiller mon visage avec mes larmes, mais je ne peux pas barbouiller son absence. Je dis à haute voix : « Revenez, oh! dites, revenez, Madame... » L'église vide et réfléchie a tout entendu. Je dis à cet endroit ce que je ne lui dirai pas quand elle reviendra : « Comme je suis contente de vous revoir... » Je pleure sur mes phrases impuissantes. Je mendie les couleurs des vitraux. Ils ne sont pas exaltés. Je serre plus fort la chaise. Je vois la blondeur mièvre de la paille. Je pleure pour cette blondeur. Je pleure partout parce que je suis laide partout. J'ai pris un objet dans mes bras et j'ai pensé à elle. Je trahis aussi les objets. Je quitte l'église. La rue morte ne veut pas de moi. Je ne dérange pas les trottoirs. Je marche au milieu de la rue. Mes mains, qui ont faim, trouvent que mes poches sont trop petites. Devenir si menue que je finirai par m'introduire dans le souffle de celle qui voyage en Suisse. Combattre, abolir cette larme de rage quand elle dit qu'elle repart en voyage.

Passé une soirée au « Schubert » où le jazz est swing. Ses timbres sont romantiques. Bu des fines. Mangé des gâteaux aux amandes. Heureux mélange. Assise au bar. Peu de monde. La « boîte » recevait. Deux couples dansaient. Ouvert une revue au hasard comme on ouvre la Bible : « ... on ne me fera jamais croire qu'un amour humain se passe du désir et ne s'en nourrit pas, ou alors pourquoi n'aimerais-je pas un arbre, un chien, n'importe quoi? ou rien? » J'ai relu. La foudre est tombée sur tous les arbres. Je ne peux pas m'abriter. Il n'y a plus d'arbres, il n'y a plus d'ombre. Le « Schubert » est une cage : la cage à oxyde de carbone du premier livre de physique. Je suis l'oiseau mort au garde-à-vous entre ses ailes. Le passage de la revue m'a enlevé ma soirée, mes fines, mes gâteaux, les sons emmaillotés de Noël Chiboust. Je m'abats sur la rampe du bar et le barman me demande si je veux de l'aspirine... Je veux qu'il lise, qu'il réfute. Je veux téléphoner à Shanghaï, à Hanoï. Je veux annoncer l'événement à des inconnus. Je bois. Le passage revient sur moi. Le mot « mirage » a été délivré de la lettre et de la mise au point qu'elle m'a écrites. Le mot est un candélabre. La main de celle qui lit dans un café brandit le candélabre. Il tombe sur ma tête. Dix mois après lecture, sa lettre m'a assommée. Il fait trop clair en moi. Quelle cruauté de lumière.

Je tourne mon visage à gauche. Je ne suis pas seule. Un homme cerné par ses quarante ans, les soins, l'aisance, commande une coupe de champagne. Il tapote une cigarette sur un étui neuf. Ce confort intérieur et extérieur d'une personne seule, qui a sa mort dans le sang, relève de l'œuvre d'art. Celui-là a escroqué la solitude. Il se distrait de lui-même, avec lui-même. Je vis un moment sur lui. Un couple d'Américains danse. Ils reviennent au bar. Ils montent sur les tabourets. Ils attaquent le siège en biais, en souplesse. Ils boivent une gorgée, ils tirent une bouffée, ils repartent cueillir des danses sur la piste beurrée. Ils reviennent, ils soupirent. Ils échangent des regards qui remontent jusqu'aux origines de leur liaison.

Ils ont apaisé leur corps ensemble. Je profite de la simplicité de ces princes de la chair. J'encadre cette simplicité. Je l'expose au musée du Louvre. Ils ont vidé l'après-midi sur un lit. Maintenant ce sont de tendres fantômes. Je les contemple : une pluie de pétales de roses tombe sur l'événement. Je reprends le mot « mirage ». Je l'embrasse sans réfléchir, yeux fermés. La revue est tombée à terre. J'agrippe le couple. La danseuse est petite. Sa tête-boule se repose et se recueille sur le buste de son conducteur. Les pas glissés, les pas sautés de son danseur sont ses seigneurs. Il la conduit avec l'expression raidie du skieur qui s'envole au-dessus des neiges. Leur apaisement s'est répandu dans la « boîte ». Il y a eu une ondée de reconnaissance. Je suis seule. C'est monstrueux d'être seule. Je renifle leurs danses de loin. Je suis leur chienne. Ils ont empoché les étoiles mais ils ne le savent pas. J'ai dîné avec elle. Je l'ai quittée à la porte de son immeuble. Elle a dit : « Je vous ferai signe. » Je lui dis au revoir, je lui donne la main. Son absence de deux mois est déjà dans ma main. Elle a lu mon travail. Pendant qu'elle lisait, j'étais jalouse de mon écriture. Je peux supporter sa gentillesse anonyme, mais si elle prononce mon prénom une fois par an, je le prononce cent fois pour imiter cent fois le timbre de sa voix et j'expie cent fois mon prénom.

Qu'est-ce que tu veux, larve du renoncement? Prépare-toi : la dalle lourde va retomber sur ton estomac. Le « Schubert » est plein. C'est bloqué partout. Le couple d'Américains qui me droguait est parti.

A minuit les aiguilles des montres ressemblèrent à des ciseaux à broder. On supprima les éclairages indirects. La boîte pouvait devenir une vraie boîte de nuit, mais le sens figuré l'emporta : un soleil roula sur le mur. Il se fixa derrière l'orchestre de Noël Chiboust. Ce figurant rehaussa tout. Sur les plateaux au-dessus de la tête des garçons, les seaux à champagne étaient des pharaons. Les yeux pleuraient. Les clients laissaient couler leurs larmes. On ne se mouchait pas. Chaque visage en conserva deux. Une pour chaque sillon de la joue. Elles se coagulèrent à proximité des ailes du nez. On ne dévisageait pas les perles de son voisin. Les larmes étaient des parures qui se portaient sur la joue. Les fleuristes de la nuit traversèrent la piste avec leur panier vissé au ventre. Elles les braquèrent sur les clients. On se levait, on se penchait sur leur corsage. On respirait leurs seins et leurs roses allongées sur les feuillages. Les roses canailles de minuit, on les achetait par vanité.

Le cow-boy entra. C'était un cow-boy en toc

de music-hall. Son feutre artistique ombragea la boîte. Semblable à l'élégant qui porte un parapluie roulé, le cow-boy se montra avec sa brassée de chaînes au bras. J'étais assise sur la première marche de l'escalier de sortie. Le voiturier du « Schubert » bavait d'admiration sur mon épaule. Je me préparais à vivoter pendant l'attraction. Le cow-boy travailla. Les chaînes imitèrent le serpent hystérique. Ce n'était qu'un exercice de lasso. Les chaînes silencieuses pouvaient défoncer des crânes, un plafond. Elles n'effrayaient personne. Les femmes taquinaient leur chaîne en or, leur croix étincelante. Les musiciens étaient plus sensibles, ils avaient peur. Ils mirent la grosse caisse à plusieurs sur leur tête. Avec son poignet serré dans du cuir clouté, le cow-boy agrandissait le cercle. La tête des clients était dans cette alliance. Comme au « Petit Casino », les garçons circulaient quand même avec un objet-pharaon : leur plateau perché. Ils servaient des buveurs distraits. J'avais volé une coupe au passage. J'ouvrais mes lèvres : le verre tomba et s'enfonça dans le tapis. Cette absence de catastrophe me déconcerta. Le cow-boy faisait ce qu'il voulait avec son poignet. Il m'avait prise à l'improviste. Il tira sur la chaîne. J'étais le bœuf qui pénètre dans la piste. Il salua. Ma laideur était dans l'arène. Le cow-boy s'exerça sur moi. Il m'enchaîna, me déchaîna, me réenchaîna de bas en haut, de haut en bas. J'avais plus chaud que lui. Je transpirais par timidité. Il recula son feutre important. La « boîte » n'avait plus d'ombrage. On réclama des mouchoirs. Le public détaillait mes traits. Mon visage était un pré sur lequel broutait un troupeau de buffles. Les femmes sortaient leur miroir de leur sac, mais elles se miraient dans mon visage. J'étais enchaînée. Je ne pouvais plus ternir mon nez luisant avec un doigt, je ne pouvais plus étoffer ma chevelure avec un peigne. Les femmes me détaillaient et me renvoyaient ma laideur. Sa botte rouge en avant, le cow-boy présentait son travail. C'était moi le travail. Puis il fit la révérence avant de partir dans l'avant-dernier métro. J'étais seule au milieu de la piste. On m'avait fagotée avec des chaînes silencieuses. Le barman eut pitié de moi. Il quitta son domaine, il m'apporta une chaise, il écarta mes chaînes. J'étais sur la chaise électrique, mais j'attendais d'être graciée. La clientèle mâchait et remâchait mon visage. Elle avait trop d'appétit. Un rire m'abattit. L'attraction ne fut plus silencieuse pendant une minute. Des rires, des rires, des rires : tac-tac-tac-tac-tac. Venez à moi la rixe et la bagarre. J'en tuerai beaucoup. Le rire pénétrait en moi ainsi que l'aiguille du chirurgien-dentiste... L'attraction redevint silencieuse. Je penchai la tête et j'embrassai plusieurs maillons de mes chaînes puis je m'accrochai à mes reliques : l'enfant à la tête bandée qui épie les portes fermées de la scierie dans laquelle les planches gémissent huit heures par jour; les beuglements rouillés du bétail dans une pluie de Normandie. J'avais les mains attachées, mais je pouvais caresser les maillons avec mes lèvres. Ils riaient de moi mais ils ne pouvaient pas m'enlever la tête bandée, les beuglements rouillés.

J'ai stationné devant son immeuble. J'y allais à sept heures du matin. La vie de la rue refleurissait, je me sauvais. J'y allais pendant qu'elle voyageait. Elle apparaîtra, je me cacherai, je la reverrai puis je m'en irai en chantant. Elle n'apparaissait pas, je m'éloignais en parlant. Je criais : « Elle voyage trop. »

Elle est en Italie. Elle reviendra mais je ne la reverrai pas tout de suite. Des écoliers me croisent. Ils disent : « T'as vu la chèvre... » Je marche, je marche. La vie du matin est trop forte. Je ne lui écrirai pas. Je tire mes cheveux. Je m'insulte pendant que je les tire devant la glace d'un marchand de porcelaines. « Tu es ça et tu parles et tu réclames. Cache-toi. Séquestre-toi. Dépéris dans ton réduit. » Je ne peux pas. J'ai besoin de la voir. Je m'attendris mais je marche violemment. « Bois. Crève dans la boisson. Tu n'es pas capable de ruiner ton corps. Si tu te découvrais avec l'œil d'un autre, tu creuserais un souterrain pour ressasser dedans. Tu iras chez une couturière, tu choisiras un modèle de robe. Tu mettras un ruban de velours noir dans tes cheveux, tu perdras ton temps. Ta mère, qui a du flair, te le disait : « Maboule, espèce de maboule. » Elle aussi, elle pense que tu es une vraie maboule. Tu n'obtiendras jamais de celle qui voyage un cil, un morceau d'ongle. Tu obtiendras encore un dîner, une soirée pendant laquelle elle s'ennuiera. Tu marches dans les rues mais tu vis à genoux. Elle est belle. Elle est en Italie. Elle ne pense pas à toi. Le jour de son arrivée, elle ne te verra pas. Tu le sais. Je lui donnerai ma vie. Elle s'en fout. Elle sera dans ta ville mais tu ne le sauras pas. C'est abominable. Je la tuerai. J'embrasserai ses deux mains que je rapprocherai. Elles ne sont pas plus intelligentes que moi, ses mains. Je reviendrai devant son immeuble. Le garçon de café lui parle. Le coiffeur touche ses cheveux. Écrasez-moi, Madame...

La catastrophe est froide. Je perds tristement la tête. J'attends. Je vis pour le facteur, pour cette fente sous laquelle on glisserait sa lettre. Je me recroqueville. Je ne peux rien pour elle.

Pendant que je stationnais devant son immeuble, le monde travaillait, enfantait, assassinait, volait, jouissait, ensemençait, râlait, dormait, dansait. Le garçon de café a refusé de me servir un verre d'eau pure. La matinée finissait. On attendait dans les maisons le retour des employés. Si elle prenait ma main, si elle prononçait une phrase très agréable, je rougirais et m'enfuirais. Elle est trop grande pour moi. Je ne veux pas qu'elle s'abaisse jusqu'à moi. Dans un gant éponge épinglé à mon porte-jarretelles, il y a de quoi partir pour l'Italie avec un détective. Nous la chercherions dans chaque ville. Le détective la suivrait partout. Il me ferait des rapports. Je pense aux draps de son lit. Il les volerait. Je coucherais dedans. Je n'ai plus de salive. Ce n'est qu'une pensée.

Quand je suis seule, je ne bois pas d'alcool. Ce sont les présences humaines qui me font boire. Midi. C'est un bel atterrissage, midi. Les horloges me consolent. Elles sont charitables. Le balancier va et vient à l'extérieur du malheur, à l'extérieur du bonheur. C'est le mépris du temps. Le ciel a une légèreté, une douceur, des blancheurs de houppette à poudre. Je t'interdis de te droguer avec le ciel. Pense absolument à elle. Peut-être deviendras-tu très vieille. Tu rapetisseras. Tu te tasseras. Tu auras une tête penchée et une laideur neutre. Je l'espère mais je serai voûtée. Je ne verrai plus les nuages d'été. Tu n'as rien vu.

Ta vieillesse te réserve le pire des isolements. On attend les employés. Ils sortent de la bouche du métro. J'en vois trop. Je rends des humains. Ils courent chez eux. Ils ont des nappes damassées. Donnez-moi un pinson avec un banc et une livre de fruits. Ce sera suffisant pour aujourd'hui. Le garçon de café qui m'a servie se parfume à l'œillet. Ce soir, il parfumera sa maîtresse en s'allongeant sur elle. Je m'allongeais sur mon mari. C'est une petite métamorphose pour le couple et une petite élévation pour la femme.

La nuit dernière, je lui récitais les phrases que j'écris ici. Dans mon rêve, elle dormait debout, appuyée contre un mur. Je récitais mais je craignais de l'éveiller et de lui déplaire. Plus je récitais, plus le mur se fendait et il partait en arrière. Elle tombera, elle disparaîtra avec lui. Je n'osais pas l'éveiller. J'ai hurlé : « Que puis-je faire pour vous. » Elle dormait. J'ai hurlé : « Ne partez pas en arrière. Restez avec moi... » Enfin, elle a ouvert les yeux. Elle a dit : « Je vous en prie, laissez-moi tranquille. » Je me suis éveillée. Mes larmes étaient déjà arrivées.

Je nettoierai mon réduit. Le remue-ménage me sauvera. Elle est dans ma ville. Ce savoir est douloureux. Je fuis son quartier, son téléphone, son café. J'ai ôté le bourrelet de ma porte d'entrée. Dans l'escalier, je vois à travers la fente de ma porte s'il y a une lettre ou non. Dans l'autobus, ils avaient tous des bébés. Ils leur font absorber le soleil des squares. Je ne veux pas un enfant. Il me ressemblerait. Il souffrirait. Je le tuerais. Ma mère ne m'a pas tuée. Je le lui ai reproché. De nous deux, c'est moi le monstre. Je m'apaise pendant que je jette la pomme de terre dans la graisse bouillante. Je suis cruelle où je peux, avec ce que je peux. Je marchais dans la rue. Elle sortait du bar. Elle m'appela. Elle avait couru derrière moi. C'est le passé. J'ai nettoyé ma chambre. Le ménage, qui exige la gymnastique, c'est le bordel accessible à la femme. Entretenir l'ordre, fleurir le vase et la recevoir tous les jours à l'aide d'une hallucination. La nuit, je fais des exercices d'hallucination. Je me regarde l'attendant à la gare de Lyon. Je porte ses valises ensuite j'allume la lampe, je sors de mon lit, je présente au miroir les callosités de mes mains puisque j'ai pour elle des mains de porteur.

Mes rendez-vous avec les trois cents chaises de l'église Sainte-Marguerite sont ma seule consolation. On balayait, on rafraîchissait les dalles. La propreté avait besoin de toute la place. J'ai compris. Je suis partie.

Dernier rendez-vous. Traversé un square, respiré le parfum efféminé des tilleuls. Je me suis détachée du troupeau des chaises. C'est dommage. Les choses auraient fini par se déclarer, par se donner. C'était une question d'hymen à traverser. Je n'ai pas persévéré. Je n'ai pas sauté dans un monde affectueux où le battement de cœur est inutile. Je n'ai pas corrompu leur entêtement. Les choses ressemblent aux âmes qui ont la sensibilité en quarantaine. Touché un dossier ciré. Obtenu la douceur d'un bras tiède allongé sur le sable. Reçu l'offrande du dossier.

Me promener avec mon visage comme avec un sceptre. Ne pas le renier. L'imposer. Hélas! il faut passer par lui pour atteindre l'âme. Quand on regarde le visage de celle qui lit dans un café, quand on l'admire, j'ai une gorgée de liqueur d'Izarra dans la bouche. Quand nous arrivons dans un restaurant, je désire la précéder avec la canne du tambour-major. J'appliquerai un loup sur mon visage pour jongler avec cet objet, car je ne veux pas offenser sa beauté avec ma laideur.

Le restaurant où je déjeune est fermé. J'achète du pain. J'ai des rillettes dans ma valise. Je les étalerai avec mon pouce. Je sculpterai mon casse-croûte. Je m'installerai à la terrasse d'un café. Voici le premier rang de la terrasse et voici l'homme qui la connaît. Il est seul. Il lit. Il ne me verra pas et je ne saurai pas où elle est. Ce sera bien élevé mais stérile. Voici la corde à nœuds des trapézistes. Maintenant c'est facile : « Bonjour, monsieur... » Je l'ai sorti de sa lecture. J'ai été grossière mais on joue des blues dans le ciel. J'ai ajouté : « Où est-elle? » Il m'a affirmé qu'elle m'aurait écrit aujourd'hui. Si la réponse est une invention, c'est merveilleux. J'ai su qu'elle était dans le café. Je peux y aller mais on a remonté la corde aux gros nœuds. Il l'attend dehors. Il ne s'impatiente pas. On continue de jouer des blues dans le ciel au-dessus de la tête d'un homme à la gentillesse surnaturelle. Je suis près d'elle. Je ne sais pas comment sa présence se refait. Son visage est soigné et souligné. Je suis contente. Elle est belle. L'homme l'attend dehors. Je me nourris tout doucement de son visage et de son bonheur. Elle dînera avec moi après-demain. Je m'en vais. Je foule un parterre de nuages. Je l'ai revue, je suis un dieu pour moi-même. Ce n'était pas cher son absence. Italie, absence de lettres, absence d'elle, allez-y. Recommencez. Je suis prête.

Absence, Italie, silence d'elle, me voici, primitive. Ma peau et le tapage du cœur seront plus proches de vous. Fer rouge de l'absence, passez et repassez... C'est mon sang qui s'enchante. Alors j'aime le garçon qui me sert dans l'autre café. Alors j'invite à dîner une personne que je ne connais pas. Je suis spacieuse. Elle est revenue. Il n'y a que des cours d'eau et les cours d'eau n'ont pas de coudes. Elle est revenue. Tout est à la même place mais c'est suffisant. Vieille, vieille valise, je te serre dans mes bras.

Mon réduit m'asphyxie. Le matin, j'ai besoin de trois heures pour revivre. Le sommeil en ville me brise. Je n'abandonnerai pas mon réduit. J'abandonnerai ce vieillard qui agonise au ralenti dans la maison de campagne qu'il me loue, dont je partage la cuisine avec lui. J'ai des remords. Je n'irai pas à côté du vieillard, à côté de la misère de cette maison. Je n'aurai été qu'une montée de solitude. C'est mon chef-d'œuvre intime. Je suis à ma place quand je suis seule. Les bruits de l'immeuble sont des bruits douloureux. Aucun bruit n'est pour moi. Je hais le tic-tac de mon réveil. C'est une chose qui vibre sèchement. A la campagne, le balancier de l'horloge du vieillard consolide mes soirées d'hiver. Cet homme, dont la mort aura été indolente, se couche tôt, dort peu, bâille. Ses longs bâillements ressemblent aux étirements du tigre. Dans ma chambre de la campagne, il y a un lit, un banc, une chaise, un guéridon. Quatre choses lisses, simples et jeunes comme le premier jour de la création. A la campagne, pendant que je m'endors, je pense à l'espace qui est autour de la maison. C'est une perspective réchauffante. Quand je marche seule, l'espace est mon faste. Il faut quitter la ville, il faut vivre dans ce village où les bruits de la nuit sont bruits de bêtes et bruits d'arbres. A la campagne, la nuit ne cesse pas de palpiter. Je l'entends fenêtres fermées. En sourdine, j'ai prié les portes des hôpitaux, les portes des commissariats. Il y en a qui, sortant de ces mauvais lieux, prennent n'importe quoi. J'étais n'importe quoi mais les portes fermées étaient dures. Elles n'accordaient rien. En ville, la mort courtise la nuit. C'est la panique. A trois heures du matin, tandis que le jour commence à se ressaisir, les réverbères trop consciencieux me font pitié. En n'importe quelle saison, trois heures du matin est le recommencement de la tristesse. A trois heures du matin, les grands immeubles ont passé magistralement mais chaque pierre, chaque mur de la rue commence à revenir à soi. A trois heures du matin, le ciel est proche des tombes. Dans les cimetières, les croix sont au-dessous de lui comme des poussins. A trois heures du matin, le sommeil des autres devient de la soûlerie. Le dormeur est la goule de son repos. Dans les bois, les bêtes sauvages sont à l'aise. L'homme qui se repose leur a cédé la terre.

Quatorze kilomètres sous la pluie. Je me réapprovisionne en beurre chez les fermiers. Une pluie qui fait penser à l'obstination des fourmis. Ma laveuse dit que c'est un « vieux temps ». Le ciel est sournois. On le porte sur ses épaules. Première semaine de novembre. Mes pieds froissent des journaux, écrasent des croûtons, coupent du verre. On ne voit plus le sol. Il y a du vieil or pour mes yeux, pour les semelles de mes galoches, pour mes mains. Mon épaule le frôle. Ce vieil or tombe parfois sur ma tête. La pluie s'écoule de ma chevelure, mes lèvres profitent des gouttelettes. On me donne des baisers de jouvence. Une feuille dorée est sur ma galoche. J'ai un bijou sur le pied. L'amphithéâtre des bois en est aux répétitions. Du vert barre le chemin aux sonorités rouquines. C'est le déclin flamboyant. Les sapins sont des protestants. Cette odeur de mort et de pourriture n'exalte que la mélancolie. J'entends les gouttes qui atterrissent sur les feuillages. Dans un pré où l'herbe baigne dans l'eau, des bestiaux me regardent. Nous nous fixons mais nous continuons de subir notre lourdeur. Je rentre au village. Le ciel est identique. Il est trois heures de l'après-midi. L'épicière ne sert plus à manger. Pas un bol, pas une fourchette, pas une salière qui m'attendent sur terre. Tomber sur la place du village, me laisser fouler par les pieds, par les roues, par les pattes des chiens.

La chasteté me procure tantôt l'équilibre, tantôt le déséquilibre. Mon déséquilibre est authentique. Mon équilibre par la chasteté est l'équilibre d'une ombre.

Je ne dois pas m'occuper avant de la revoir. Ce jour-là, je dois me consacrer à l'heure du rendez-vous. Je suis arrivée et, pendant que je la cherchais, elle me voyait. Les autres fois, elle arrive pendant que je l'attends. Je me suis approchée de sa table avec le remords de n'être pas la première à attendre. J'ai dit : « Passons une jolie soirée. » Elle a acquiescé. J'écoutais les voix qui s'appellent et qui se répondent dans les *Inventions* de Bach. Son acquiescement a la même importance qu'un rameau de voix humaines. Elle me soigne. Serais-je une momie sur laquelle elle resserre les bandelettes? Sa délicatesse me fait peur. Elle s'ennuiera. Elle me supprimera. Je tomberai mais elle ne me verra plus. Il y aura une terrible chute. Comment vais-je me préserver? Elle me complimente pour un petit travail. Le surlendemain, dans les bois, je m'en souviens. C'est douloureux. Plus elle sera gentille, plus je veillerai. Ne pas m'amollir. Ne pas perdre de vue le renoncement. Me bagarrer nuit et jour avec moi-même. Je lui dis que les femmes ne créent que des enfants. Elle répond : « Il y a les mystiques. » Après sa réponse, je rêve superbement dans le bar où nous buvons. Une colombe dort sur mon cœur. Mon cœur est un duvet. J'enfonce mes doigts dedans. C'est léger, c'est chaud. Je peux souffler sur lui. Le bar où nous sommes assises a, depuis sa réponse, la réalité envoûtante d'une grotte. Un de ses amis entre dans le bar et lui parle. Je bois une gorgée de champagne et, pendant cette gorgée, j'ai le temps d'emmener sur une plage celle qui est assise à côté de moi. La mer est là, mais c'est le sable que je regarde et c'est lui qui fait jouir mes pieds nus. Nous avançons ensemble. J'ai embelli. Je peux marcher à côté d'elle. Elle ne parle pas. C'est suffisant. Sous nos pieds, le sable est conciliant. Nous resplendissons. Je crois que nous sommes heureuses puisque nous sommes au diapason de la lumière tandis que nous marchons. Je bois une autre gorgée de champagne. J'avance seule. La colombe se défait de mon cœur. Elle vole bas puis elle meurt.

L'accueil qu'elle fait à ce qu'on lui dit vaut plus que ce qu'on lui dit. Sa bonne volonté est raffinée.

J'ai suivi et détaillé un ciel de printemps à travers la vitre d'un train. Des massacres de couleurs, une Saint-Barthélemy. Les coloris orange ont été dévoilés. Ils ont tressailli. Le lendemain matin, j'ai donné à repasser ma jupe plissée. J'ai acheté du shampooing sec pour alléger mes cheveux. Je dînais avec elle. Désir de prendre le train pour suivre un autre coucher de soleil et désir de rester à côté d'elle. Quand j'arrive dans le village, je présente l'événement à la nature : nous nous emmêlons tous les trois. La nature est immense mais elle tourne autour de moi. Elle m'écoute partout. Je suis seule sur les routes et je règne. Je caresse une feuille de cassis alors je possède tous les jardins. Le crépuscule me fait des avances. Je m'introduis dans la nature docile de six heures du soir. Le crépuscule est sournois mais je trouve la corde sensible : l'autocar qui rentre en ville fait une fredaine avec la vitesse sur les routes étiolées. Après, le village se referme.

Deux heures avant de la revoir, je me prépare. Je m'étends sur mon lit. J'ai fermé les doubles rideaux. Je n'éteins pas mon poêle de garde. C'est une merveille qui crache, de toute sa lenteur, de toute sa politesse, des galets roses. Je laisse tomber les bruits du dehors. Je m'ouvre à la nuit, à l'ignorance. Elles entrent dans mon corps, dans mon âme. Je les garde. Je n'ai plus la notion de l'événement. Ensuite je prends un taxi. La nuit est encore en moi. J'arrive dans l'établissement où je la revois. Je continue d'être ignorante. Elle arrive dans le café. Je la revois avec une couronne d'iris violets sur ma tête.

Je ruminais la nouvelle. Les rues d'une heure de l'après-midi et moi, on rumine ensemble. Puis, la nouvelle, je l'ai rendue dans la rue. J'ai dit : mon ami est mort. Je l'ai répété. J'ai dit : « la mort ». J'essayais d'avoir le mot. Une syllabe ce n'est pas long à traverser. Prononcez celle-là comme vous voudrez, c'est une bulle d'ombre qui se détache de vos lèvres. Cela s'étale mais cela ne résonne pas. Cela n'attire pas les abeilles autour des grosses cloches. J'ai avancé lentement. J'ai aggravé ma démarche. A chaque pas je disais : « la mort ». A force de le répéter, il y a eu de l'apparat dans ma voix. Des ténèbres sont sorties de ma bouche.

Je l'ai dit autant de fois que la canne du suisse. Je l'ai dit, je l'ai dit. Je disais « la mort » aux rues qui avaient mauvaise mine et j'avançais avec la mienne. Avec celle qui grandit tous les jours dans les coulisses. J'ai dit aux murs qu'il était mort. Les briques sont roses mais elles sont féroces. Je l'ai dit à l'encadrement des briques. C'est du mortier séché. C'est plus pâle. C'est plus tendre. Je me suis trompée. Je n'avais que ma voix. J'ai regardé le bout de la rue. On y voit, en permanence, une aurore sévère. Je n'avais plus besoin de l'aurore. J'ai vu un point noir. La mort d'un autre, c'est un point noir. J'étais fatiguée. Quand on l'est, il y a une foule de points noirs devant les yeux. Sa mort et ma fatigue ne faisaient qu'un. J'ai avancé, je l'ai redit fermement aux briques. Je les ai observées. J'ai vu des fentes. J'ai espéré. Les fentes sont pour la pénétration. J'ai cru que mon chagrin se faufilerait dans le mur. J'ai posé mes lèvres sur elles, j'ai murmuré qu'il était mort. La phrase est revenue sur moi. J'ai été inondée de tristesse. Les pierres ont des lèvres qui n'ont pas de défaillances. Il pleuvait. Le ciel envoyait ce qu'il avait de plus fin. J'ai plaqué mes mains sur le mur. A la place d'un bruit, il y a eu la cendre. Un arbre avait laissé partir sa dernière feuille. « Il est mort. » Les frontières sont fermées. J'ai avancé. J'ai tapé du pied. Je portais la nouvelle sur ma tête. Je portais beaucoup de choses. Un bouquet d'ailes de corbeaux, l'oreille du chien prophète qui a été soulagé, du crêpe gaufré, un marteau, un dahlia en perles, des clous, un col dur aux coins cassés, un bout de chandelle, un gant de filoselle. Dans ma tête, il y a eu le contrecoup. Je me suis perdue. J'ai entendu le déchargement des balles de coton de la Caroline. J'ai fermé les yeux. C'était rigoureux. La mort s'est dégagée du souvenir du mort. J'ai vu un drap gelé. Je mettrai dedans le membre affligeant de l'ermite. Il fallait avancer. Sa mort était énorme. J'avais le cœur en loques. J'ai dit : « Il est mort d'épuisement. » C'est lourd, un voile de crêpe. Ma tête s'en allait en arrière comme si je l'avais portée avec les épingles à boule de jais. J'ai cogné un autre mur. Il encaissait mais il était béat. J'ai toisé le ciel. Bouclé. Toujours rien à signaler. J'ai tout dit : « Il est mort d'épuisement sur une route. » C'est une phrase en fonte. J'ai pincé la peau de mon bras. J'avais la peau d'un animal à sang froid parce qu'il est mort. Je suis entrée dans le square dont la pelouse a la pelade. J'ai eu des égards pour le banc inutile. J'ai pris le dossier dans mes bras. Il faut bercer ceux qui ne demandent rien. J'ai mordu le bois. La mort n'étonne pas les objets. J'ai craché. Je l'ai dit, je l'ai dit. La ville était sur mon dos. La pluie n'allait pas plus vite que ma mort. Mes larmes sont venues me délivrer. Une pèlerine de facteur est tombée sur mes épaules.

Nous nous trahissons à distance. Pendant que sa main était un nénuphar cloué sur une route, la mienne triait les branches de cerfeuil. Sur une route, cette main morte demandait l'arrivée de la constellation.

Cette route sur laquelle il a fini de vivre est plus vague que sa mort. Ses pieds sont mes deux buissons-ardents. Je marcherai encore sur les routes mais l'aubépine ne m'aura plus. Je déteste les labours. La terre, qui l'attendait, le digère bien. Non, je ne veux plus avancer. Entre mes pas, j'ai un deuil.

Seigneur, dites-moi s'il y avait un fossé pour lui. Je ne vous demande que cela. J'écoute. Vous êtes dur. J'entends le chahut mousseux de la vapeur des trains. Nous devions voyager ensemble. Les voyages sont tombés avec les tentures. Le suisse astique une boucle d'escarpin sur son veston d'été. Devant l'autel il n'y a rien sur les tréteaux. Je vous le demande debout, Seigneur. C'est plus simple qu'à genoux. Y avait-il un fossé pour lui? Les fossés sont toujours présents pour la veste du cantonnier, pour la charogne qui a un plumet.

Vous vous taisez. Partez les fossés. Mourons debout avec la douceur des luzernes frivoles sur notre peau. J'avancerai en même temps que vous, Froideur. Nous sortirons en même temps de nos tranchées. J'irai à votre rencontre. Je m'inclinerai. Nous utiliserons, l'une pour l'autre, la stratégie du quadrille des lanciers. Je n'aurai rien su faire mais quand je vous rencontrerai, il y aura un petit travail soigné à exécuter. Je peux compter sur vous. Mon corps sera généreux. Il vous rendra tout. L'aine sa chaleur de tourterelle, la paupière sa vivacité d'algébriste, l'épaule ses horizons de tendresse. Il est mort d'épuisement sur une route. J'y pense, j'entends le claquement des étendards.

Il m'est permis d'imaginer les dons que je lui fais. Quand elle se tourmente, je ne puis rien imaginer. Je marche à côté d'elle mais je ne peux pas la questionner. Ma discrétion est obligatoire et inhumaine. Il y a du brouillard sur son visage. Ce tourment mystérieux m'entame comme un fruit. Je m'accuse inutilement pendant que j'avance à côté d'une forteresse. Je suis fautive sans raisons de l'être. Porter son sac à main serait mon acte de contrition possible. Je l'accompagne jusqu'à la porte du théâtre de l'Atelier mais je me sauve avant. Le boulevard de Clichy peuplé ou dépeuplé est un mauvais boulevard. Je ne veux plus être le roseau tremblant devant son tourment. Je ne veux plus être le pécheur accablé qui ignore ce qu'il a fait. J'entre dans un café et j'appelle une personne au téléphone. J'essaie de me délivrer de tout cet inconnu. Mon malaise a le dessus. Quand je sors de la cabine, je me trouve au rendez-vous des filles. Entre elles et moi, il y a le rideau de leurs parfums prometteurs et bon marché. Le saxophoniste se dandine. Il joue entre les tables puis il tente de charmer un couple formé en deux minutes. La fille a dit son prix. Le soldat est content. Un chiffre fut leur premier lien. Le musicien désire les envelopper avec sa musique. Il se donne du mal pour rien. Lorsque le marché a été conclu, il y a eu tranquillité des deux côtés. Le soldat offre une cigarette au saxophoniste pour qu'il s'éloigne et pour qu'il se taise. L'autre insiste, il lui enfonce les sons dans les oreilles. S'il ne jouait pas, cette affaire se déroulerait simplement mais le saxophoniste ajoute un supplément. Le supplément, c'est la débauche. Les filles vacantes s'interpellent de table à table ainsi que des élèves qui attendent leur professeur entre deux cours. Ce vacarme naïf est reposant. Entre deux passes, les arracheuses de pavés sont redevenues des écolières désœuvrées. C'est le même comportement espiègle des pensionnaires de maison qui attendent le premier client. Les petites vacances qu'elles s'octroient à n'importe quelle heure de la journée ont plus d'authenticité qu'une randonnée. Entre leurs répliques criées aux quatre coins du café, il y a un vent marin. C'est l'éclairage trop abondant de la salle et le charivari des soucoupes au comptoir qui sont malsains. Quand j'ai desséché un endroit, je m'en vais.

Elle voyagera pendant trois mois. Nous avons encore la même chute des jours, le même lever d'étoiles. La nuit, elle dort dans ma ville. Je veille et je règne à distance sur son sommeil. Je sortirai de ma chambre. J'irai, je lèverai la tête, j'embraserai les fenêtres de son immeuble en les regardant. Je sonnerai à sa porte. La gérante apparaîtra. Je m'agenouillerai. Je réciterai son prénom et son nom. Je crèverai la poche de la honte. Je reviendrai. Je me recoucherai. Je retrouverai mon odeur dans mon lit.

Nous entendons les mêmes averses, mais j'ai trois pavés au cou. Ils ne m'entraînent pas au fond de l'eau. La bête dont on se débarrasse est introduite dans un sac. On ajoute une pierre. On les enferme ensemble. On étrangle le sac avec de la ficelle. Le coloris de ce collier est tendre. Les enragés serrent le nœud avec leurs dents. On emporte la pierre et l'animal vivant dans le cercueil en toile. On arrive sur la berge, on demande un conseil à l'horizon accablé à l'heure du crépuscule. On lance le sac. Elle voyagera pendant trois mois. J'ai trois pavés au cou. Elle est encore dans la ville. Je peux toucher la porte de son immeuble. Tous les jours, elle touche cette porte. Son départ est supérieur à cela.

Dans mon réduit, je le répète : « Je ne veux pas qu'elle parte... » Entre mes phrases, mon réveille-matin est méprisant. Je le cache dans l'armoire. Il persévère. Je l'étouffe avec des molletons. Je crie. J'ai les racines de mon malheur dans ma gorge. Je suis une machine qui ne veut pas qu'elle s'en aille. Je ne le répète pas assez vite. Tourner dans mon réduit jusqu'à ce que je devienne une hélice. Je fouetterai l'atmosphère. Je me vengerai de la froideur de l'atmosphère. J'ai tourné. J'ai détourné. J'ai débité la phrase : « Je ne veux pas qu'elle parte. » J'ai eu chaud. Dans ma tête j'avais une forge avec les marteaux et les coups. Je n'avais pas la pluie d'étincelles de la forge. J'ai trop tourné. Je me suis écroulée. Je me suis relevée. Je ne voulais plus être cette grande machine à pleurer. Dans mon poêle, la braise frémissait et se donnait. Je ne pouvais pas soulever le couvercle pour contempler le nid de boulets. Je ne pouvais pas tirer le tiroir pour recevoir la lueur du nid. Ne partez pas, Madame... La chaleur de mon poêle sera pour moi.

Son prochain départ est un cadavre mou que je porte sur mon dos. Le charbonnier a plus d'aisance que moi. Il sait où il va. Les bras du charbonnier s'enroulent autour des bras de la poussette. L'étoffe et le bois se frottent l'un contre l'autre. Quand la poussette trouve une pente, ses roues développent une chanson. Quand le charbonnier sort des caves, il a un rendez-vous dehors. Sa poussette l'attend. Il l'enlève. Ils galopent ensemble pendant que la chaleur va monter dans les maisons. Le charbonnier est lourd en descendant, puis tout de suite léger en remontant. Il se charge et se décharge de la chaleur. Il est noir mais il est le livreur d'une couronne de flammes bleues, d'un tas de boulets qui deviendront des fruits orange et brûlants. Il arrive dans les chambres. Il vide le sac dans la caisse. On le paie. Il n'insiste pas. Il ne parle pas. Il a le détachement du facteur et du télégraphiste. Mais le charbonnier n'est pas un sphinx muni d'une sacoche en cuir. Les boulets sont dans la caisse. C'est une nombreuse couvée. Le frileux sort les cendres froides. Au même endroit, la flamme va monter. Le papier et le bois ont l'entrain d'un orchestre tzigane. La cendre de boulet est moins fine que la cendre de bois. Elle est moins familière mais plus généreuse : elle procure des escarbilles. La cendre de bois est pénétrable. C'est de la peau d'ange. On verse le charbon. Le poêle se tait. Dans la chambre qui n'avait pas de feu, il y a un commencement de maternité. Sous le gril, il y a une bouffée de lueur. Autour de cette naissance, pas de cris, pas de linges, pas de sang. Le poêle se nourrit et donnera bientôt au frileux la plus tendre des nourritures. La chambre chauffe. On tend les mains. Ce sont elles qui gazouillent. On soulève le couvercle. On se penche. C'est bien organisé. Les boulets se consument les uns dans les autres. Il y a un frémissement qui vaut celui des duvets. Les flammes donnent des coups de langue. La chambre sera grosse de chaleur quand le poêle sera rouge.

Je porte son départ sur mon dos mais je n'ai pas d'itinéraire. Pas de marche pour m'élever ou pour m'enfoncer. Je suis dans une plaine. Au bout de la plaine, le ciel tombe trop bas. Il la dévaste. L'herbe n'a pas de mouvement, pas d'insectes. Elle se dresse. Elle est aux ordres du ciel. Les corbeaux s'abattent ailleurs. Alors on n'est pas soulagé. Dans l'air de la plaine, il y a les pensées qui se sont envolées du penseur. Terre et ciel sont face à face. Il n'y a plus d'intermédiaire. C'est ailleurs que les peupliers ont accompli leurs efforts de grandeur. Ma plaine abolit les garnitures. Je la traverse mais ce n'est pas convenable. La plaine est un endroit lucide. C'est une consciencieuse réalité. Le vent a des égards pour elle. Il va et ne revient pas. Le ciel et la plaine sont durs l'un avec l'autre. Je me glisse sur le côté. Ma mort chemine avec l'instant.

Elle partira. J'ai entendu le fracas. On a descendu les grands volets ondulés des magasins. A sept heures du soir, les choses à vendre, qui sont derrière les rideaux de fer, ne sont plus à vendre. Les étalages dissimulés ont de la dignité. Elle partira. Je me griffe. Ma peau le saura et souffrira. Je ne tourne plus. Je le dis : ne partez pas, Madame. La chaleur et moi, nous nous trouverons... Elle partira. J'essaie d'entendre la flûte, le hautbois, la clarinette, le basson. Ce sont des instruments charitables. Cela s'écoule un peu dans mes oreilles. Puis j'attrape le froid des tunnels. Elle partira. Je suis au milieu d'un tunnel qu'il faut absorber.

Et les tonneaux sont arrivés. Il y en a qui se font livrer le vin à la tombée du jour. Leur roulement est caverneux. Il a troublé la maison. J'ai tout entendu et tout imaginé. Dans la rue, le camion arrêté tremblait à l'avant. Le moteur vibrait. La petite échelle de fer avait été inclinée. Elle ennoblit chaque tonneau qui tombe sur le pavé. Elle est son glissoir et son piédestal. Le livreur les a poussés devant lui.

Dans le couloir, il imitait les bergers. Les tonneaux roulaient. Je pouvais le crier : « Je ne veux pas qu'elle parte... » J'ai ouvert la fenêtre. J'ai ouvert les bras. Je les ouvrirai jusqu'au déchirement des épaules. Je les ouvrirai à en perdre le nord. Je l'ai fait. J'ai eu le balancement important des céréales. J'ai eu le caprice qui les entreprend. J'ai eu le remue-ménage des soieries naturelles. J'ai eu l'éloquence à l'étouffée qui se répand dans les céréales. J'ai eu le chant clairvoyant des alouettes. J'ai eu ce perce-lumière. J'ai eu un taillis lointain avec l'enveloppement violacé. J'ai eu un pommier blanc prêt à crouler sous les petites mariées. J'ai eu les cloches qui livrent les décès des vieillards aux paysages. J'ai eu les chemins devenus orphelins lorsque la brume progresse à pas de tigre. Du douzième jour du mois de mars, j'ai eu le premier étourdissement du ciel et ses promesses d'incendie. Je n'ai plus rien eu.

Livreur, je suis à la fenêtre. Livreur, il faut venir. Retrousse tes manches. Arrive avec ton maillet. Je t'attends avec tes forces élémentaires. Je ne peux plus crier. Je te parle : enfonce ton tablier dans ma bouche. Enfonce jusqu'aux cordons. Mon mal rebroussera chemin. L'argent est dans l'armoire. Dans la poche en coutil que la pensionnaire portait sous son jupon. Sers-toi. Démolis. Je suis un meuble pourri. Fais sortir les clous. Je voudrais qu'il y eût une pluie de clous. Ils tomberont du creux de mes épaules, de la paume de mes mains, de mes joues, de mes lèvres, car mes lèvres, mes joues, mes mains, mes épaules sont clouées. Tu frapperas fort. Je m'en irai et je chancellerai avec les ténèbres.

Le livreur ne répond pas. Je suis un orchestre plaintif que personne n'écoute. La cave a eu tous les tonneaux. La cave a l'hiver. On la fréquente. De la tête aux pieds, je suis une cave qui n'a pas d'hiver. Ma voix n'a plus à faire avec le monde. Je les appelle. Leur voix ne se dérange pas.

J'ai ouvert la fenêtre pour le livreur. Sur mes lèvres, sur mes dents, j'ai eu le froid de sept heures du soir. L'immeuble en face du mien ne me donne rien. Au ciel, il y a le reflet froid. Je me mets à genoux pour voir la rigueur de cette clarté. Les doubles rideaux m'ôtent l'intimité des autres. La cour est plate. Les poubelles attendent leur pitance. Elles peuvent compter sur les ordures. Je me tourne du côté de mon réduit. Le froid entre mais ne change rien. Elle partira. C'est ma pitance.

J'ai fermé la fenêtre. J'ai écouté derrière la porte. J'écoute tous les jours. Les hommes et les écoliers rentrent chez eux. J'habite au premier étage, près de l'escalier. J'entends chaque pas de chaque locataire. Je les compte. Avant de franchir mon palier, ils butent. Ils ont une hésitation. Je suis l'espoir en grappe. Ma porte ne plaît à personne. Le deuxième escalier est sûr de lui. Il les a tous pendant que je mendie.

J'ai levé les yeux. C'est salutaire. Les larmes sont reparties. Elles s'arrangeront entre elles. J'ai embrouillé ma peine. J'ai fermé les doubles rideaux. Sur la tringle, les anneaux écartés ont fait un bruit de réconciliation. Ce n'était pas fini. Mon poêle a craché. De la braise est tombée dans le tiroir. Ce bruit avait été béni. Ma chambre a soupiré. Cœur-de-Rose c'était moi. La tendresse, je la fournissais à gros flocons. Ma lèvre supérieure dansait pour les petits bruits de la braise et des anneaux. Quand on les a entendus, les tourterelles des bois s'endorment sous les lits. Le silence était redevenu le maître. Je ne me réconcilierai pas avec ses trois mois d'absence. Je me suis allongée sur le plancher. C'est la faillite.

Le frelon est arrivé. Nous nous abrutissons ensemble. J'ai tourné la tête du côté des objets qui doivent briller pour exister. Quand mon poêle de garde reluit, il a la beauté des chevaux de course en nage.

Et je referme les yeux. Son départ est une flaque. Je suis le soiffard qui boit avec les mains. Je renifle la dernière goutte. Je veux me reposer. Deux coups de feu, cela recommence : « Je ne veux pas qu'elle parte... » Ma tête est grosse. Quand je ne pense pas à son départ, ma tête est un champignon vénéneux. Je ne peux pas l'empêcher de partir. Je ne serai jamais le caillou dans sa chaussure. Le frelon est revenu. Il tire des traits contre mes paupières, contre mes sourcils. Je suis dans le réseau d'un sournois. Si l'avion qui l'emmènera volait au-dessus de ma tête, je serais le frelon immobile et soumis. L'avion piquerait. Mes poids lourds sortiraient. Le frelon tend ses filets. C'est un moteur fatal. Cette musiquette orageuse ne fait qu'entrer et sortir. Il bafouille dans mes cheveux. Il tire de nouveaux traits. Je ne peux pas le chasser. Je ne peux pas chasser son départ. Je me laisserai piquer et dévorer. Cellule par cellule. Je ne connais ni le jour de son départ, ni l'heure, ni le terrain d'envol. Je suis la bête ignorante. Je suis le divertissement d'un frelon. Partez tout de suite Madame... Je vous supplie de partir. J'écoute. Les mots des autres ne font plus partie de mon monde. J'ai rampé jusqu'au mur, la plinthe était lisse pour la paume de ma main. J'ai écouté. Les bruits des autres ne font plus partie de mon monde. J'ai désiré la pluie. Je suis allongée au milieu de ma chambre. J'ai le pied du lit dans mes mains.

J'ai besoin de ce qui ressemble au grain d'un chapelet. C'est la débâcle. Mes larmes coulent de travers. Elles suivent des balafres imaginaires. J'ai parlé à ma table. Je ne peux pas la prendre dans mes bras. Si je prenais le miroir, je verrais une gargouille qui tousse, qui hurle, qui se roule dans la luxure qui lui fut destinée. Je me déplace. Je convoite la clé du tuyau à gaz. Il y a dessus un papillon en cuivre qui ne bouge pas. Si le papillon ne fait pas un demi-tour, les cinq manettes ne me fourniront pas le gaz. Il faut toucher d'abord ce papillon pour entrer dans une autre patrie. Ma vie s'est fixée sur une aile de papillon que je caresse avec mon index. Je caresse et je rentre dans ma chambre.

La mort est là. C'est elle, c'est encore elle, c'est toujours elle, ce n'est jamais elle. Je la cherchais sur une aile de papillon. Elle m'attendait dans ma chambre. Elle est assise dans mon fauteuil. Elle n'enfonce pas le coussin. Elle porte le maillot que portait Mlle Spinelly dans *Souris d'hôtel.* Ma visiteuse est une trapéziste vêtue de jersey de soie blanche. Elle a du blanc sur les cils, sur les sourcils, sur les ongles. C'est luxueux et inabordable. Elle a une bouche de petite fille. Ses lèvres sont mièvres et neuves. Ce sont des lèvres qui laissent passer les gros mots pour les tuer à la sortie. Elle rêve. Elle est installée dans mon fauteuil mais sa présence n'est pas authentique. Je tousse. Je suis à la porte de ma chambre. Sa rêverie me diminue et diminue mon réduit. Elle est crémeuse. Ses poignets de virtuose me troublent. Elle a croisé les jambes. Les semelles de ses chaussons blancs sont pures. Elle ne foule que les linges propres. Je tousse, je tousse. Elle saura que je suis là. Elle lève ses yeux clairs. A la fin des lessives, que l'eau bleue des lessiveuses est triste... Elle regarde le bouton blanc de mon tablier. Je l'arrache. Je le jette dans le seau à charbon. Je suis au-dessous d'elle. Je veux qu'elle me regarde. Nous sommes ensemble. Je veux qu'elle se décide. Il n'y a plus de calcul à faire. J'espère qu'elle ne me respecte pas. Elle n'a qu'à dicter. Je trottinerai avec mes espadrilles. Elle ne dicte rien. Elle renverse la tête. Elle regarde le plafond, mais c'est une femme d'affaires qui n'a pas de cigare aux lèvres. Je ne me dérangerai pas la première. Je veux encore de son mépris passager. Elle se lèvera. Elle viendra. Je tousse et je baisse les yeux. Son indifférence est modestie de princesse. Mon cœur bat. Je tiens peut-être mon dernier rendez-vous. J'ouvre les portes du placard. Elle voit probablement des vivants au plafond. J'ai des feuilles de papier blanc. Je les déplie. Je lui compose une allée.

J'attends dans l'entrée de ma chambre mon épouse en maillot blanc. Le départ qui me tourmentait est dans la fumée des trains mais je pense à celle qui voyagera pendant trois mois. Je lui dis adieu. Je soulève les valises de celle qui partira, c'est léger comme chez le sellier. Le sifflement des trains est un air de Lulli. Mais celle qui rêve dans ma chambre, rêve trop. Je l'entraînerai. Je lui donnerai un crayon et un cahier. Elle fera ses soustractions. Elle ajoutera une croix. Elle se renverse en arrière. Elle a réussi de grosses affaires. Je vais me l'offrir. C'est aussi facile à s'offrir qu'une partie de barque à Nogent. Je me penche sur elle. Je suis sur elle. Ses lèvres ont un goût de craie et mes lèvres sont amidonnées parce que je l'ai embrassée. Ce n'était pas un vrai baiser. Je trouve ses dents avec ma langue. Les remparts d'Aigues-Mortes sont plus tendres. Ma langue frappe contre la dentition desséchée d'une jument morte. Ma bouche est pleine de plâtre. J'ai des lèvres de statue. Elle rêve. Je n'ai pas mouillé sa bouche. Dans la mienne il y a mon enfance amère. Je recule jusqu'à la porte de ma chambre. J'ai évité le chemin de procession que je lui avais préparé. Mes yeux lui demandent de me prendre. Moi je suis chaude et j'ai trop de salive. Son regard me traverse sans me voir car elle rêve. Elle décroise ses jambes pour les recroiser. Je m'offrirai sa taille. Je recommencerai le travail. J'y vais à genoux pour qu'elle me comprenne. Je ne peux plus parler. J'ai un monument aux morts dans ma bouche. Je serre sa taille. Je réapprends. Je la ferai menue pendant que je m'alourdirai comme un verger. J'ai la minceur hideuse du diabolo dans mes mains. Si elle m'avait aimée, j'aurais quitté sa taille, j'aurais eu les boules de neige en fleur dans mes mains. J'évite l'allée que je lui avais tracée. Ma visiteuse envoie ses flèches aux quatre coins du monde. Je me révolte. Cincinnati et Hong Kong sont plus privilégiés que moi. J'y vais. Je tombe sur elle. J'écrase tous les calendriers. J'appuie fort. Je ne trouve pas le remblai de la femme. J'écrase seulement un gros chrysanthème frisé. J'appuie, j'appuie et ma chambre pue la Toussaint. Mes genoux tremblent. Je me soulève et je regarde. Le chrysanthème a refleuri. Ma bouche est toujours pleine de plâtre. Je ne peux pas la supplier de se donner à moi. Elle rêve. Cela se fera tout seul. J'ai l'aurore dans le ventre. Il y a eu une arrivée de rosée. Je mourrai apaisée. Je m'éloigne d'elle. J'ai le caveau sur le bas-ventre. Elle n'a pas voulu de moi. Elle s'est levée. Elle rêve en marchant, en sautant sur mon lit, sur ma table. Ses mollets ressemblent à ceux de Grille d'Égout. Ils sont spirituels. Mon front, ma joue, mon menton ne peuvent pas les caresser. Je suis trop loin d'elle. J'admire ses fesses lunaires d'équilibriste. Elle touche mes photographies. Quelle saleté! Je n'avais que des photographies. Elle monte sur mon poêle. Dedans, il y a eu le floc des fausses couches. Mon poêle est mort. Elle a voulu de lui. Elle quittera mon réduit, elle continuera de me taquiner et de me dédaigner à distance. Elle a affaissé ma chambre. Elle part. Elle a sauté au-dessus du chemin que je lui avais préparé. Elle me salue avec deux doigts à la façon de cet acteur américain qui décrochait l'adieu de sa tempe droite. Si elle avait voulu de moi, j'aurais le plus beau visage que je puisse avoir.

La mort circule ailleurs, en landau, mes objets sont hautains. Je suis trop lourde pour eux. Je suis un bœuf qui a de la peine. La mort ne s'est pas laissé cueillir. J'ai l'autre. La paresseuse, la minutieuse. Celle qui se fait aider par le temps. Reprends-moi, miroir. Nous ferons des efforts ensemble. Je laverai mes yeux. Je me poudrerai. Reprends-moi, miroir disloqué. Je te sourirai. Sois doux. Je m'accuse d'avoir du chagrin, de crier qu'elle partira, qu'elle voyagera pendant trois mois. Je sors les fards. J'ouvre les boîtes. J'ai tout sorti pour nous deux. Je t'installe sur le molleton que j'ai déplié pour toi. Nous sommes prêts. Je vais commencer. Travaille aussi, miroir. Voici le gras bleu pour les paupières. Tu m'offriras des bouquets. Donne-moi la floraison de mai. Je t'appuierai contre mon visage. Je te réchaufferai. Les fards sont à côté de nous. Ils vont te flatter, miroir. Flatte-moi. Fleuris mes yeux. J'ai l'œil d'un bœuf saturé de mélancolie. Cache-le avec des bouquets. Quand elle aura fini de voyager je lui offrirai ce que tu m'auras donné. Tu m'as gavée de chiendent, d'orties, de chardons, de tessons... Donne du bleu. Elle reviendra. Elle se servira. Mes yeux sont petits. Pas assez petits pour empêcher les larmes de sortir. Je les ouvre fort, miroir. Nous avons besoin d'une touffe de fleurs pour elle. Quand j'avais douze ans, tu as été dur avec moi. Je n'en guérirai pas. Tu m'as empoisonné. Je t'ai vu, j'ai découvert le charnier. Mon visage m'a empestée. Il est ma maladie honteuse. Je sais que, dans ma chambre, tu es l'objet le plus intègre. Je te respecte mais j'en souffre. Donne un bon reflet. La mort rêve chez moi puis elle se détourne. Je rêve d'elle mais je n'ose pas toucher le papillon en cuivre du réchaud à gaz. Je n'ai que moi, miroir. J'ai besoin d'un bon reflet. Triche un peu. J'ai vu que le feuillage morne du noisetier se balançait plus fort dans la rivière. Les cours d'eau sont pressés mais ils prennent leur temps pour amplifier les images. Le reflet de la rivière est généreux. Tu es une rivière chatoyante, miroir. Tu es coup de couteau pour mon visage mais tu es coup franc. Visage tu es laid mais tu es plein d'amour. Je veux te voir grossir de près. Je t'ai mis en quarantaine. J'ai fui les glaces des vitrines pour me cogner aux passants qui riaient de moi. Je te cachais entre les draps ou bien entre les serviettes, miroir, je pensais quand même à toi. Je saignais. Nous nous affrontons, nous nous confondons, tu commets quand même un assassinat. Mes yeux sont fatigués. Il n'y a rien à mettre dans les cernes. Mon réduit me fatigue. Il ne reçoit ni lumière, ni soleil. Je ne le lui reproche pas. Ma lampe allumée en été est candide avec ma condition. Reprends-moi, réduit. La mort nous a laissés. L'hôpital, qui est à côté, la voulait. Nous serons toujours l'un à l'autre, réduit. Tu es la matrice dans laquelle une misérable revient. J'ai caché le miroir. Je mettrai mes poings dans mes yeux. Je m'enfuirai jusqu'à l'escalier de la cave. Je me jetterai dans le poussier. Je barbouillerai mon visage. Je l'introduirai dans le charbon. Il sera dans un ventre noir. Avant de m'enfuir, je briserai le miroir. Les miettes de verre brilleront. Pouvoir isoler mon visage dans un terrier. Pouvoir. Elle reviendra. Ma laideur sera la même. J'aurai honte de lui imposer la catastrophe d'une bouche, d'un nez, le chaos d'un profil. Quand je suis à côté d'elle, je désire être l'oiseau qui a la tête dissimulée sous l'aile. Elle reviendra. L'événement aura embelli. Il sera l'olivier ciselé. Je ne pourrai pas lui présenter cette création. Je peux lui présenter ma face. Ils rient de moi et cette culpabilité dans laquelle ils me plongent est plus hideuse que mon visage. Toutes les flèches me signifient qu'elle partira. Je le pense. Je le dis. Ma peine se lève. Ma peine est revenue. Elle est ronde, elle est modelable. Je renifle et je suis le moule de cette peine. Dans ma tête, j'ai une boule de levain. Cela va monter. Je le dis dans un autre mouchoir : elle partira. Je suis pleine de peine. Mon ventre est plein de peine. Ma bouche est pleine de peine. Dans l'aine et dans l'aisselle c'est plein de peine. Entre mes jambes, il y a l'écoulement de cette peine. Entre mes mains jointes, il y a un amas de peine. Elle partira. Je me laisse pétrir. Je suis la pâte fourrée de peine. Mon visage gonfle. J'ai des bonnes lèvres de nègre parce qu'elles sont pleines de peine. Mon visage est une bonne terre arrosée. On pourrait faire germer dessus ce que l'on voudrait. J'ai un visage à modeler, à recommencer. Mon mouchoir est en velours. Je suis l'apprentie de ma peine. Le nuage se développe dans mes entrailles. Je me renverse en arrière. Elle partira. Je ne peux plus me servir de mon mouchoir. J'ai des bras cassés. Elle partira. Je me donne à ma peine, j'ai la même auréole dans le ventre.

Me voici encore, prête à vivre de toi, réduit. J'ai criblé tes murs avec des cris. J'ai éclaboussé ton plafond avec mes prières en folie. Ton plafond n'a pas de bonheur. Je trépigne, je hurle en le menaçant. De l'homme qui était étendu sur moi, tu n'as reçu que le gémissement, bref échappement de la misère des hommes. Ton plancher ne connaît de moi que la loque. Je n'ai pas dansé dans mon réduit. Il n'a pas eu la caresse de la valse. Je l'ai frappé avec mes poings. Je l'ai forcé à s'acoquiner avec un bœuf qui a de la peine. Reprends-moi, réduit. Creuse-toi encore. Je veux te pénétrer avec mes peines. Oublions la mort qui a rêvé ici. Recueille-moi, réduit. Je n'allumerai pas.

J'ai attendu : mon réduit vivait pour lui. J'ai espéré les rues. Je me suis caressé le visage avec mon imperméable. J'ai entouré mon cou avec une manche. Au-dessus du plafond la locataire repassait. Son activité était de la mythologie. J'ai claqué la porte. Les poubelles sont dans l'entrée. J'avance dans le couloir, j'entends le déversement familier des ordures.

Quand je rentrerai, elles déborderont. J'aurai des résidus d'intimité.

Elle partira. Je veux me délivrer de son départ. Je veux le cracher dans un égout, dans un ruisseau, dans un soupirail, sur une roue de voiture, sur un enfant... J'ai essayé. Son départ est monumental. Je me traînerai. J'ai trois pavés au cou. La rue, le faubourg, le carrefour, l'enseigne, la façade, les gens qui vont au cinéma remontaient toujours. Cela montait aussi dans mes yeux. Je ne veux pas céder. Je vomirai son départ. J'entrerai dans le café. Je boirai tous les fonds de verre. La bière, la fine, le vin, le jus de fruits, le tilleul, le mousseux... Je vomirai son départ sans me servir de mes doigts. Ils sortent du café. Ils ont bu pour un mort. Leurs relents sont doucereux. Je les ai tous admirés. Ils ont enterré un mort : ils sont puissants. J'irai au comptoir. Je boirai. Je pourrai enterrer son départ. Ils rient de moi. J'ai l'habitude. Ils s'éloignent. Je l'ai murmuré dans leur dos :

bonnes personnes qui reveniez de l'enterrement, enlevez-moi les trois pavés. Je ne veux pas qu'elle s'en aille, je ne peux pas lui dire. Bonnes personnes frivoles, emmenez-moi, traînez-moi. Je suis une accidentée. Je veux rendre son départ. Il se décrochera de moi. Ils sont partis. Ils mangeront longtemps en souvenir du mort. L'étoile polaire est là, une seule étoile me fait grelotter. Les taxis vides se précipitent sur des dangers imaginaires. Les ratés ne viennent pas. Pourtant je suis des leurs. Nous ne pouvons pas nous liguer.

L'orchestre noir joue dans un café. La machine à sous qui le débite rosit, rougit, flamboie. Le musicien noir ne se ménage pas. A travers la vitre, c'est déchirant. J'ai reconnu les régulières : la contrebasse, la batterie. Grâce à elles, la science, l'aisance, la nonchalance, la vitesse ont été cernées. Même quand les cuivres courroucés se précipitent dans les ravins. Voilà du style. Mon cœur aussi s'est engagé dans la batterie de l'orchestre. Après, j'aurai peut-être le cœur libre du légionnaire. J'avais les traits défaits. Je n'osais pas entrer dans le café. L'orchestre noir et son envolée m'ont aidée. Il fait la charité. Il donne la musique chaude qui sort du four, qui sort du ventre. C'est fumant. J'entre. L'ouïe en prend un coup. J'ai le bleu de Chartres dans les oreilles. Les lèvres, les doigts de ceux qui soufflent, qui frappent les notes de musique sont bouillants. Les percolateurs étincellent. Ce sont des caïds. Le café servi au comptoir fume. La chaleur existe. Je me colle au comptoir. Nous sommes serrés mais il y a de la place pour un autre, pour un autre, pour un autre...

La batterie le redit pour celui qui n'ose pas s'approcher des autres. Au comptoir, il y a toujours de la place. Nous attendons notre verre de café, nous sommes seuls en nous-mêmes, nous nous serrons près des autres et tous les autres peuvent arriver et s'introduire et se placer. Nous reculerons sur le côté. Nous désirons la multitude en même temps que notre verre de café. Nous avons déposé nos mains fermées sur le zinc. Nous sommes les ouvriers repus de notre journée. La chaleur et la musique commencent à nous travailler. Au-dedans de nous-mêmes, nous étions frileux. Maintenant nous pouvons nous tasser sur nous-mêmes. Nous fixons les percolateurs. Ils ont des lueurs citron, des vapeurs, des fureurs de chat. La fumée qui sort de leur grille est élégante. Dans la tabagie, elle se distingue. L'orchestre noir lance des tournesols contre nos têtes. Nous sommes les consommateurs pressés, nous sommes graves pourtant. Nous boirons. Dans notre sang, dans notre moelle, il y aura du réchauffé. Un peu de bien-être montera jusqu'à notre tête. Nous recevons déjà une chaleur d'étable. Nos pieds qui désiraient des ascensions, des aventures, nos pieds qui n'avaient que les pavés des rues et des boulevards sont sur la paille. J'ai remué les miens près du comptoir. J'ai entendu le froufrou des brins de paille. Je ne bouge plus. Les bruits, je les garde. Nous sommes presque à l'étable, nous sommes presque des bestiaux. Le garçon qui nous sert a une activité bouillante. Il déborde dans un couloir miniature.Ce couloir est mon reposoir. J'y puise la paix. Un autre client est arrivé. On se pousse mais on ne se sépare pas. Quelqu'un a fait son trou parmi nous. De la chaleur est entre nous. Nous avons pénétré dans le café. Nous avons eu l'audace de laisser notre misère dans la rue. Jusqu'au comptoir, nous avons eu la démarche raide. Nous étions des somnambules parce que nous ne voulions plus être malheureux. Notre misère est dehors. Elle fait les cent pas. Nous brûlons notre gosier. Nous tenons notre verre à deux mains. L'orchestre noir se fait humble avec un solo de trompette bouchée. Je me laisse glisser dans la paille. J'obéis au trompette. Je suis son médium. Il a capté la tendresse. Il me la confie. Nous en sommes à l'ère primaire, aux vagissements. Je me réconcilie avec mon enfance. Je me réconcilie avec son départ. Le trompette noir procure une genèse de tendresse à son instrument. Vous ne partez pas, Madame... Ma ville sera encore la vôtre. L'orchestre enchaîne avec des élancements. Je me révolte pour ceux du comptoir. Nous sommes des froussards les uns à côté des autres. Nous écoutons la confidence élémentaire. C'est un trompette noir qui nous l'a apprise. Le Noir s'y connaît en serrements de toutes sortes. Rattrapons le temps perdu puisque nous sommes au comptoir les uns à côté des autres. Si nous sortons, nous n'aurons que les portes et les fenêtres fermées des autres. Précipitons-nous avec l'orchestre. Ma main, ma joue, mon épaule ne veulent plus végéter. Empoignons-nous, renversons-nous, battons-nous pour nous sentir jusqu'au sang. Ici, nous osons seulement ne pas nous excuser quand nous nous frôlons. C'est aux percolateurs que nous appartenons. Ils ont du brio mais ils sont métalliques. Je m'en détacherai. Alors mon coude a eu un autre coude. J'ai eu, en plus, le profil d'un bras inconnu. Mon imperméable a eu le contact et la douceur d'un pardessus taillé dans une couverture de soldat. Dans notre dos, la porte n'était pas raisonnable. Elle allait, elle venait. Elle avait besoin du monde pendant que nous étions en nombre suffisant. La porte du café était une emmerdeuse. Je pense à la mienne. Quand je rentrerai, je te donnerai mon corps, mes bras. Devant le comptoir, nous voulons vivre un moment loin des portes. Nous tenons le verre chaud à deux mains après que nous avons bu. Il faudra revoir la porte du café. Déjà, nous avons froid sur notre nuque. Il n'y a rien à faire. C'est revenu. Nous avons froid jusque dans notre verre. Nous avions cru que cette boisson serait transfusion. Pendant que nous entrions dans le café et que nous nous dirigions au comptoir, nous étions devenus des chercheurs d'hommes, des chercheurs d'or. Nous avons déposé notre verre vide. Nous avons perdu le filon. L'orchestre noir nous entraîne encore. Il fait sauter les mines. Nos mains attendent la monnaie. Il fait gicler les rivières. Nous avons des mains fermées. La porte du café travaille contre nous. Le froid est dans nos mains. L'orchestre noir se démène. Le trompette joue mais son instrument n'est plus bouché. Si j'étais le ciel, je ne serais pas en sécurité avec cet instrument qui l'interpelle. Le joueur de trompette est d'abord une panthère. C'est l'introduction de son solo. Puis c'est un enrouement de chacal qui s'enhardit. Je pars à la recherche de quelqu'un. Je trouve l'homme qui ne quitte pas la machine à sous qui débite le jazz. L'homme est penché sur elle. Les manchettes souples, le pantalon, le veston sont trop courts. La nuque est cachée sous le cache-col. Elle doit toujours se présenter au bourreau imaginaire pour être en beauté. Ce raccourcissement des vêtements de l'homme penché sur la machine à sous m'appauvrit. Je me défendrai. Je prendrai n'importe où. Les sons de l'orchestre sont écarlates. C'est la bagarre et l'incendie. Je mets les mains devant les yeux car il galope avec des naseaux de feu, de la poussière, des bannières. Les coups d'épée m'aveuglent. Dans mes veines, j'ai un sang lourd. J'écoute à satiété, à perpétuité. Nous écoutons. Nous nous taisons. Quitter ensemble le comptoir. Devenir des sauvages à casques à plumes. Traverser la mer Rouge avec tous les consommateurs au comptoir. Imiter les monômes. Se tenir par les épaules. Faire de nos misères des lance-flammes. Le faire. C'est trop tard. La mer Rouge s'est retirée. La clarinette maniérée est arrivée. Elle tient la scène. Nous replions nos misères.

L'homme penché sur la machine à sous a une petite casquette. Je tournerai autour. Cette casquette est ronde. La clarinette ne me brimera pas en douceur. Je me défendrai auprès de cette casquette-jockey sur laquelle est appliqué un bouton qu'on ne touche jamais. Je lutterai seule puisqu'ils se taisent en attendant leur monnaie. La clarinette continue. Elle évoque une Berbère chamarrée. C'est une frôleuse. La casquette a un soupçon de visière : c'est une modeste. La clarinette me flatte. Je contemple la casquette. La clarinette me file jusque-là. Je ne reprendrai pas mon tourment. La casquette-jockey est simplette. Elle est pleine d'habitudes et de crasse. La clarinette travaille sur ma peau. Elle ne m'arrachera pas de la forme juvénile de la casquette. Dans mon oreille, je veux bien de ce sirop de groseille. La casquette est déposée tous les soirs sur l'édredon ou sur la table de nuit. L'homme se repose et dort auprès d'elle. La clarinette peut roucouler. J'ai eu la tendresse de la casquette collée à la tête du voyou. C'est lui qui nous avait procuré l'orchestre des Noirs. Mais la musique ne le passionne pas. Il a des manies. Pendant que l'air se déroule, il se penche pour tirer et renvoyer encore le bouton de cette machine. Tandis qu'au-dessus du comptoir le néon circule vite dans le tube, je reçois le visage de cet homme. La casquette-boule ne réchauffe pas cette figure vert-de-gris. Il a vingt ans. Il a un chancre aux lèvres. Il semble pourri. Ses yeux sont lumineux. L'éclairage au néon a été créé pour eux. Il se penche, il désire la fente obscène de l'appareil. Elle nous trouble en même temps. Elle partira. Elle voyagera pendant trois mois. L'orchestre se lamente aussi. Le trompette noir envoie de la douleur le plus haut qu'il peut. Il y aura toujours des fourmillements de pâquerettes. Plus de place entre les étoiles pour un trompette. Des consommateurs s'en vont. Au comptoir, c'est devenu trop spacieux. Je m'agripperai à l'homme penché. A l'aise dans des sandales de lanières, ses pieds sont loin de la danse et de cette crise de musique. L'orchestre les a léchés, mordus, piqués, rongés, charmés, caressés, maudits. Ils sont indifférents. D'autres s'en vont. Le trompette a recommencé. Il s'exaspère pour se surpasser. Quand le son atteint le point culminant, il expire sèchement. Nous sommes trois au comptoir. Les éclats ne retombent plus sur nos têtes. Cet homme ne finit pas de se pencher sur la machine à sous. Ses lèvres qui pourrissent effleurent la fente. Il cherche d'autres pièces d'un franc dans sa poche. Nous sommes trois devant le comptoir à avoir peur de la rue. Le trompette est un mâle. Il a recommencé. Il monte. Nous sommes angoissés. Il a monté plus haut. L'homme penché est contre la machine avec sa maladie, sa pourriture, ses manies. Le garçon qui sert au comptoir empile les œufs durs sur une assiette. Le néon fait la course. Le souffle du trompette est héroïque. Le son s'effile. Il est aigre. A trois devant le comptoir, nous nous sentons maigrir. Le garçon a renversé la soucoupe aux pourboires dans sa main. C'est l'instant creux. Je désire la salive de celle qui partira. L'orchestre noir m'a procuré de l'audace. Je ravale ma salive. Le trompette a fini. J'ai trop de salive. Je lèche ma main. Tous les consommateurs sont partis. La dernière note du trompette a rejoint les aurores boréales. L'homme, qui se penchait sur la machine, s'affola. Il la prit dans ses bras. La machine se taisait. Il la secoua. Il essaya avec de l'argent.

Je ne quitterai pas le comptoir. Voici une nouvelle fournée. C'est la fermeture des cinémas. Je demande un autre verre de café. Je tarirai cet endroit. Il y a le départ de celle qui voyagera en avion et c'est la période des accidents d'avion... L'homme au visage vert a introduit son argent. Nous avons un nouvel air. La batterie est langoureuse. Duke Ellington nous enveloppe avant de nous secouer. C'est le moment de rêver et d'y aller. Il se penche sur la machine. Il l'aime. Je l'aimerai avec lui. Je tire sur son veston. Sa nuque est dégagée. J'ai la même taille que lui. Je souffle sur sa nuque. Elle rosit avec les marguerites de la nuit. Je l'enlace d'un bras. Puis, avec mon front, je caresse les cheveux sur sa nuque. Ils taquinent tendrement mon front. Alors son visage se renverse. Les glycines s'écroulent sur nos têtes. Je prends sa main. Je la pose sur le bouton de la machine. Je tire et je renvoie avec lui. Je suis brutale. Je vais plus loin. J'abats mes mains sur la nuque de l'homme. Je le pousse en avant. Ses lèvres baisent longtemps la fente en nickel. Il a fini. Il se retourne. C'est à mon tour. Je peux embrasser les boutonnières de son veston. Cet homme est pourri et c'est un poète. Il a fleuri pour moi. Sur chaque boutonnière de son veston : un pied de primevère, des feuilles râpeuses, des fleurs adorables par manque de personnalité, des pendeloques de terre, des racines chevelues. Je me sauve. Dehors le froid a trop d'audace. Elle voyagera pendant trois mois. Elle partira. Dans ma tête se refait une aurore de condamné à mort.

Vous me déplaisez, étoile polaire. Vous êtes seule et vous êtes toujours là. Je ne suis pas le navire mais je suis en perdition. Il vous faut du désert, il vous faut du sauvage. Il est minuit passé. Ils dorment tous. Ce sont des sauvages. Les villes sont trop ordinaires pour vous. Je ne voyagerai pas. Je ne suis pas hardie. Vous ne me serez jamais utile. Je ne pense qu'à moi, je le paie cher. Celle qui voyagera pendant trois mois est mon étoile polaire. Son indifférence est à la hauteur de votre position. Je salue largement son indifférence avec le feutre des mousquetaires. Je me précipite dessus. Je me jette dans le Camp du Drap d'Or. Vous êtes une raccrocheuse. Vous ne me sauverez pas. Occupez-vous des vieux bergers. Distrayez-les. Les villes ont des troupeaux qui baissent la tête. Cinquante centimes est une étoile qui brille à terre. Ceux qui n'ont pas de boussole et qui vont de travers vous emmerdent. Je ne sortirai pas de mon réduit. J'explorerai mes malheurs. Je bourlinguerai dans la peine.

Les forains partiront demain. Ils ont démonté leurs baraques. Essayer chaque planche. Il y en aura une qui m'ira bien. Nous serons deux sœurs rigides. J'allongerai mes bras contre mon corps. Ce corps n'aura plus de bavures. Je serai raide et dénudée sur la place publique. Je serai proche de cette terre qui m'absorbera. Allongée sur le bois, je serai gravement pleine de moi-même. La place publique tournera avec le vent. Je serai immobile. Je ne tournerai plus en rond autour de moi. Les planches sont lourdes. Je ne peux pas les séparer. Je peux les toucher du doigt. Je les ai caressées dans le mauvais sens. C'est plus proche. Mon doigt a détaché une écharde. La peau de mon doigt a eu un bénéfice. Autour des planches, le silence est galant pour les matériaux. Le manège du silence. Dans le petit jour gris perle, l'endroit s'achèvera lui-même. La baraque du tir est close mais elle veille. Les roulottes, qui sont des sensitives, se sont refermées.

Je descends l'escalier de la voyante. Mes pieds rajeunissent dessus. J'écoute. La voyante ne ronfle pas. Elle a la dame de cœur sous la joue, le neuf de cœur sur les lèvres. Le neuf de pique couvre sa tasse de lait. Elle dort. Elle se fiche du peuple. Si la voyante prononçait le prénom de celle qui partira, je me dresserais avec les dahlias. La voyante se réserve. Elle entretient le printemps pour les militaires, les personnes trompées. Les présages sont en bourgeon. La sève du mensonge d'Épinal circule dans la roulotte. La voyante dira : « Elle reviendra plus tôt que vous ne pensez. Donnez-moi votre main gauche... » Puis nous reprendrons notre souffle en même temps. Elle voit le bonheur. C'est une voyante. Elle a collé son portrait sur le volet de sa roulotte. Elle a une bouche méchante qui ment pour l'agrément des autres. Je baiserai une bouche qui voit apparaître le bonheur comme un phare d'automobile. Voici les agents. Deux agents. Ils roulent, ils développent le velours. Perchés sur leurs bicyclettes, ce sont des mondains qui font une promenade hygiénique sur un chemin de mousse. Leur tournée, c'est du velours. Les voyous sont en velours. Les impasses aussi. Les agents ont des genoux et des muscles en velours. Leurs roues tournent sur du velours. Ils foncent lentement dans le velours. Ils sont partis. Les liserons écrasés se sont recomposés.

Je pose mes lèvres sur celles de la voyante. Elle se taira. Les mots qui ont la saveur du pernod n'entreront pas chez moi. Je pose mes mains sur son cou de levrette. Il est étranglé par les amulettes. Je cesse mes jeux.

Je marche. Le froid blesse mes narines. Je me retourne. Les balançoires. Elles étaient à l'écart. On ne les a pas démontées mais on les a attachées. Elles sont prêtes à s'élancer. Tellement prêtes... Comme vous, comme moi lorsque les fanfares défilent dans les rues, lorsque les musiques militaires sont du quinquina. Ils arrivent. Nous sommes sur le bord du trottoir. Nous sommes tous des courtisans. Nous avons reconnu le clairon aux pantalons blancs. Il est seul. Il est en avant. Il ne nous émeut pas. Nous avons besoin de la suite, des bannières, des tourniquets de médailles, de la grosse caisse. La musique militaire nous donne des satisfactions. Nous sommes des pur-sang qu'on étrille. La musique se reprend puis elle continue. Nous devenons trop forts. Il y a en nous un tourbillon d'émotion. La musique est assommée par la grosse caisse. Nous allions pleurer mais nous étions trop fous d'émotion. Nous cheminons dans une autre rue vidée de toute expression. Le vent est là. Il pourrait faire quelque chose pour les balançoires. Si je m'occupe d'elles, les agents surgiront. Ils m'interrogeront. J'ai peur des gendarmes. Je les quitte tous. L'enseigne en toile des cafés claque, la mort a levé la voile et quitté les galets. J'ai la catastrophe dans l'estomac. Tout à l'heure, il y avait des passants. Ils vivaient pour leur chaleur. Penchés en avant, le pas sec, ils avaient des rouges-gorges dans leurs aisselles. Il n'y a plus de passants. La phrase arrive sur moi. Je vais courir. J'irai plus vite que les horloges des gares. Je lutterai. Aide-moi, réduit. Refais de l'amitié pour moi. Je ne cours pas assez vite. Je penserai au cognac, à la fine, au facteur Cheval. Je ne cours pas assez fort. Je penserai au *Requiem* de Verdi, à ses aboiements célestes. Être engloutie par la Grande Vague des Chœurs. Je m'essouffle. Au-dessus de ma tête, il y avait l'ébranlement des cathédrales. Je courais bien. J'allais craquer. Je m'essouffle. Je ne suis qu'une branchette. Elle voyagera pendant trois mois. J'avance avec mes poids. J'ai repris mes habitudes. Me déshabiller sur le trottoir. Me livrer à la phrase. Me décharger de moi-même. Mes chairs seraient mes haillons. Elle partira. Elle voyagera pendant trois mois. J'irai à l'hospice. Je sais où il y en a un.

Mon hospice n'a pas de porte avec un anneau et une lourdeur effroyable. Pas de jour de sortie, pas de cloche grêle, pas de massifs de buis, pas de soirées mort-nées. Il n'exige pas le grand âge, la canne, les douleurs, le craquement des os. La rue qu'on a bouleversée, le pavé qu'on a retourné, la terre qui a réapparu dans la rue, c'est mon hospice. J'arrive. Je ne sonne pas. Je soulève la corde. Je m'abaisse. J'entre dans les travaux publics. Je me relève et je m'élève. Je suis la reine. Ma main gauche glisse sur la corde. Elle a des nœuds. Elle est virile. Elle ressemble aux mains des ouvriers. Dans mon gosier, cela s'est dénoué. Ici le sol est une grosse nourriture pour mes pieds. C'est du sable cristallisé. Je jouis de chaque pas. La corde, qui a du relief, fait exister ma main. La rue a été coupée en deux. Les autos vont sur le côté. Ce sont des petites choses pour Breughel. J'avance seule. J'anéantis les bruits. Les travaux publics dorment mais celui qui dort conserve ses formes. J'ai les formes d'un chaos. Les terrassiers sont étendus chez eux. Ils ne passionnent plus les outils. Ils les ont envoûtés. Dans le manche d'une pelle qui a été oubliée contre un platane est fixé le souvenir de la cambrure d'un homme. Cela me va jusqu'aux reins. Je ne distingue pas les vieux pavés des neufs. C'est la fraternité des pierres. Quelquefois, la corde que je touche est usée. Ce n'est pas dru, mais ce chanvre desserré est de la chevelure authentique dans ma main. Le sol inhabituel me détache de moi-même. Je m'enfonce et mes semelles plient. Je marche dans les pas des ouvriers. Je me souviens de leurs bottines beiges. Elles crient comme des rats. Il y a une couple de brouettes. On les a renversées l'une sur l'autre. Les roues se touchent. Les brancards m'indiquent un chemin. Si je le suivais, je traverserais le mur d'une école. Les brancards sont partout les parties dégagées et dédaigneuses. La terre et le sang ne les éclaboussent pas. Ils n'ont pas de contact avec le blessé ou le terreau. Ils appartiennent à la poigne du terrassier, de l'infirmier, du jardinier. En ce moment, les brouettes sont des répudiées. L'ouvrier de cinq heures du soir ne s'est pas retourné. Il est certain que demain matin elles se feront traîner. Sur l'envers, leur bois est pâle. C'est le ralliement des buffets de cuisine. Cette clarté du bois blanc est un avertissement. Dans mon estomac, cela s'arrangera. J'avance. J'ai la démarche minutieuse d'une mariée d'église. Ma main droite qui n'avait rien, et qui était penaude, a trouvé une bâche. Dessous, il y a la machine qui est dorlotée et bordée tous les soirs. C'est un mystère. J'empoigne la bâche. Elle résiste. Je me rejette sur les pavés bleus. J'obtiens leur dureté. On sait où l'on va. Dans ma main gauche, la corde ne cesse pas d'être virile. Voici les lanternes de travaux publics. C'est suffisant : je n'irai pas en gondole à Venise. Je me penche sur la lanterne. Je l'inspecte. Le boîtier en tôle est un tabernacle. Dans ce boîtier, une perle de lumière. C'est rouge. C'est discret. Je me ramasse, je m'introduis dans ce tabernacle qui a une chaîne. Il est fermé à clé. Je veux bien me prostituer – mais je me fais trop d'honneur – pour cette petite perle de lumière. Nous sommes ensemble à en crever. J'ai le cœur à gauche : je suis pour les lampes Pigeon. Une très grande intimité au milieu de la rue. Je suis à l'abri. Je n'ai rien. Je n'invente pas. La joue, le cou, l'épaule s'en iront mais ils ne seront pas usés. On me comprend. Je ne parle pas des lèvres, de la taille, des bras qui sont mes plus gros déchets. C'est notre sang qui charrie la solitude. Pour l'oublier, on se drogue. Cette drogue s'appelle la chaleur humaine, les échanges, les frottements, l'emboîtage des sexes. Je me drogue avec moi-même et délire froidement. J'ai trouvé une perle de lumière. Je suis dans la rue mais j'ai l'espace pour édredon. J'arrive au monde. Je ne le balbutie pas. Je le dis : elle partira quand elle voudra. La lanterne des travaux publics m'a éclairée. Je remercie la masse compacte des immeubles. Je quitte la lanterne qui va persévérer. J'ai des talons ailés. La fidélité de cette lumière est dans mon dos. J'avance le long des échelles qui se reposent sur un côté. Je continue de le dire.

J'arrive devant les madriers. Ils nous préservent d'un trou. C'est une scène minuscule fabriquée par les ouvriers. Je m'en servirai. Je dis trois fois : elle partira quand elle voudra. Son avion se pose sur les madriers. Je ne commence pas tout de suite. Je recule de cinquante ans. Nous sommes au temps de la carte postale sur laquelle l'objet est un messager couvert de fleurs. Nous sommes au temps de la brouette remplie de pensées. Les sacs de fleurs sont à côté de moi. Je plonge mes mains. Je plonge mon visage dedans. Il est dans les pensées. Il est lisse. Je commence. Je garnis l'avion. Je le couvre de petites pensées. Je répands les plus sombres autour. Je m'abaisse sous la corde. Je quitte les travaux publics. Je me soumets à son départ.

Dès que j'aborde la plaine, je m'enchaîne, c'est la transposition de ma solitude. Elle est mon grand modèle. Il est trois heures du matin. Je n'ai pas dormi. Mon matelas n'en peut plus. Je sors de mon lit. Je m'allonge sur le plancher. J'unifie le physique. J'attends les grandes largeurs. Je me coule dans l'herbe des plaines. Mon confort est indescriptible. C'est insuffisant. Je ne veux pas être une vieille tombe ramollie dans l'herbe. Je crée la nuit obscure pour mon corps. J'attends. Alors j'entre doucement dans la terre de la plaine. C'est la germination. Je fais la morte. C'est préférable pour ce qui commence à vivre. Tous les pores de ma peau sont productifs. J'aide chaque graine. J'y pense de plus en plus. Je mets au monde le trèfle et le sainfoin. Je ne me recouche pas. Je n'ai pas froid. La nature est sur moi. Ma dissolution sera belle. Quand j'arrive dans la plaine, nous correspondons et nous nous retenons. C'est accord d'instruments. Elle est là, j'ai le frisson initial des concerts symphoniques. En chaque saison, la plaine et son tragique visé me suggèrent un crime différent. Le crime à perte de vue. Au printemps, tandis qu'elle a du retard sur les coteaux, tandis qu'elle supporte encore la bise, c'est le crime strict. Le couteau est une église plantée dans la chair. Une seule goutte a coulé. C'est plus mesuré qu'un viol. L'assassin, qui cherche cette goutte, caresse le blé en herbe avec le plat de la main. C'est une goutte perdue dans la plaine. Il n'y avait pas de corbeaux. Un crime s'est abattu sur elle. Il ne fut pas de longue durée. Aussitôt consommé, aussitôt enlevé. L'homme porte et donne aux bois consentants celui qu'il a tué. L'herbe qui pousse doit rester belle avec son vert intact. Elle n'a pas été froissée. C'est le gilet du mort qui est trempé. Ils sont partis. Ils sont au fond des bois. Les bois sont pour le délayage. La plaine est une valeur au grand air. Elle est propre avec elle-même. Avec ce tragique en suspens au-dessus d'elle, elle est dans la nature ce qu'il y a de plus simple et de plus étudié. Au printemps, la raideur de sa verdure est monastique. En hiver, je ne vois pas le crime, mais le désir de crime dans la plaine. La neige tombe. Sous la blancheur, cette plaine est un autel qui attire. La nappe impeccable y est mais les hosties sont des étoiles sur le front des fous. Sur le côté, un pouf de gui, qui a résisté à la neige, est une raillerie. La plaine est couverte. Elle est au-dessous de la neige. Elle s'affirme quand même. Je la traverse et je désire désorganiser cette neige qui a chassé le vent. Cela pourrait être avec des rigoles de sang. C'est l'appel aux égorgements. Les moutons bêlent dans les étables mais le berger n'a envie de tuer personne. Un oiseau meurt de froid dans un arbre, de cet arbre un essaim blanc descend sur terre. Il faudra que j'attende la pluie. Il faudra que j'attende l'apaisement noir et blanc. La boue ruinera le tout. Elle jouera le rôle du troupeau de moutons. En automne, pendant que le vent trimbale les parfums d'arrière-saison, pendant que le vent commence à travailler autour du rosier de la gendarmerie, je vois dans la plaine mon crime préféré. Les branches lourdes se prosternent. Un fruit qu'on n'a pas vu arriver est tombé sur un tapis de hautes herbes. Cette simplicité est solennelle. La terre a remercié le fruit qu'elle a reçu. La plaine que j'aime est ascétique. Le chiendent est revenu. Le chaume est inflexible. Si l'on s'agenouillait, l'on se piquerait. L'homme de mon crime est un cordonnier. Il a des chaussures et des lacets neufs. Le cuir naturel près du chaume est un rapport de tons raffiné. Il se baisse pour arranger ses lacets qui sont la gloire du jour. Il attend sa mère. La plaine tragique n'est pas pressée. Voici la mère. Elle porte un paquet de chemises amidonnées. Ses enjambées à travers chaume annoncent les laboureurs. Elle parle. Les corbeaux attendent leur tour. Ce sont des aigrefins. Elle présente les chemises comme il les préfère, glacées. Il dit : « Attends, je vais te payer. » La mère ne reconnaît pas la voix. Ce n'est pas celle du fruit de ses entrailles. A la gendarmerie, les pétales du rosier sont tombés comme des *Amen*. Le fils enlace la mère. Elle ne reconnaît plus les bras du fruit de ses entrailles. La plaine n'est pas atteinte par quatre heures qui sonnent. Dans le village, ils goûtent au bol le cidre nouveau. Le fils a jeté la mère sur le chaume. Les chemises sont chiffonnées. La plaine est excédée. Elle ne supporte que le tragique en suspens. Les corbeaux ne peuvent pas s'abattre. Ils planent et ils commencent leurs mauvais conciliabules. Le chaume de la plaine ne voulait pas du corps étendu de la mère. Ici, rien ne doit être fripé. Le fils a dit : « Attends, je vais te payer. » Il s'est tu. Il était temps. La plaine les aurait expulsés. Les corbeaux montent et descendent comme des chevaux de bois. Il remue sur elle. Les bonds sont différents de ceux qu'il faisait dans ses entrailles. La plaine était hautaine. Le chaume blessait la nuque de la mère. L'acte dura autant que celui des bêtes. Changement de lumière. Ce changement signifiait que l'inceste était consommé. Ils ne pouvaient pas se reposer l'un sur l'autre et les corbeaux ne pouvaient pas fondre sur eux. Le chaume était vraiment contre eux. Le fils, soulagé, parlait. Il disait : « Attends, je vais te payer. » La mère se réveilla, hurla. Les corbeaux passaient, repassaient, croassaient au-dessus de leur tête. La plaine se concentrait. Il resta sur elle, il l'étrangla avec un lacet. Les dernières manœuvres avaient été des manœuvres compliquées. Très puritaine après les blés coupés, la plaine.

Les collines alanguissent. C'est mamelonné. Je leur découvre du relief lorsque le couple, emboîté dans le printemps et dans la chair, roule sur elles. Je découvre une sérieuse beauté lorsque le couple enlacé dévale dans le fossé, ou bien sur le tas de graviers, ou bien sur les pieds du cantonnier. Quant aux vallées, c'est vasouillard. Ce ne sont que cancanages pestilentiels. Il faut attendre la nuit pour les apprécier. A une heure du matin, je suis récompensée. Le village se gave de sommeil. Dehors c'est le repos blême. Le cimetière étincelle parce qu'il a une chapelle de verre. Les toits d'ardoises sont précieux. Le coucou des bois persévère. C'est un aguicheur pitoyable. A dix heures du soir, la route a trépassé. Les haies ont beau être en fleurs, elles ne sont pas plus convaincues que cette route. Les feuillages se sont mis à attendre le jour. Dans l'herbage, les bœufs ont avancé. Ils sont derrière l'épine noire. Ils contemplent une route minable. Celui qui traîne sa chaîne dans l'herbe mouillée se détourne et s'en va le premier. Le chien survient et passe. Il est vu par le troupeau. Il va, le chien. Son plan est dans son allure. Pour lui, la nuit n'a lieu en aucun lieu. Il est bas mais il est fort. Il sait où il va comme un toqué silencieux. Derrière la haie, c'est la contemplation insensée. Les masses de viande sont à ce fox-terrier en goguette qui a ravigoté la route. Il n'y a pas de vent mais les feuilles ont remué. Ce chien a du pouvoir. Il se met à courir pour lui-même. Il est grotesque. Les chevaux n'ont pas apparu. Ils suivent leur ligne en mangeant. Ce sont des méthodiques. La grâce les suit pas à pas.

Quand ils meurent sur les champs de bataille, leurs pattes pétrifiées et dressées défient la défaite. La bouche du cheval rampe dans l'herbe pour brouter. C'est sonore. Auprès d'eux, c'est l'heure entraînante de la machine à coudre. Quant à l'avoine qui leur est distribuée, ce n'est que clochettes, bruissements argentés. Enfin ce merveilleux appétit qui arrive dans leurs jarrets... Je ne les plains pas. Ils ont les jurons du charretier, son jargon, le claquement du fouet, la plainte de l'essieu, le tapage de leurs sabots, leur nom. Je retourne auprès des bœufs. Jérémie loge dans le corps de celui qui traîne sa chaîne. Il part jusqu'au bout du pré, il revient, il repart. Son poids me force à dire quelle misère. La chaîne se dissimule dans les herbes. Le chien a disparu. Cette contemplation à vide n'est pas terminée. Entre les branches, ils ont avancé la tête pour se la faire couper. C'est une obsession. Dans le flanc, dans la rondeur de l'œil, dans le blanc de l'œil, dans la rumination, dans le redressement pénible, dans le cou qui ne s'est pas dégagé, dans la bouse qui tombe comme une gifle, dans la bave chétive, dans l'affalement, dans le dandinement, il y a cette soumission à l'abattoir. Ils sont venus au monde, ils ont ouvert les yeux, ils se sont mis debout. Ils ont vu tout de suite La Villette. Ce destin est dans leur masse de viande. Entre le bœuf et l'abattoir, c'est un répons perpétuel. Abattus par leur force alors que le cheval galope... Ils ont des trésors de délicatesse : leurs cils, leurs chevilles, leurs sabots. Une danseuse ne ferait pas ce qu'ils font avec leurs six cents kilos. Ils vont boire à la mare : ils font des pointes. Ils me consolent avec leurs quatre estomacs. Si j'avais un revolver, si le chien revenait, celui-là, je le tuerais. J'ajoute que les saisons sont méchantes avec eux. L'été leur envoie des couvertures de mouches, l'hiver des barbes de glaçons.

Je la reverrai avant son départ. Elle me l'annonce au téléphone. Sa voix m'a tout raflé. Je suis une anéantie. Pendant que j'écoute l'heure et le jour du rendez-vous, c'est cosmique tellement c'est important. Pendant que je l'écoute, le récepteur est trop lourd. Elle dit : « Nous déjeunerons ensemble. » Déjeuner ensemble est une punition. Je veux dîner avec elle. C'est plus long. Pardonnez-moi, Madame... J'exagère. Je ne vous réclamerai rien. J'attendrai votre retour pour dîner avec vous. Quand je suis auprès de vous, j'ai beau parler de moi, je me quitte vraiment car soutenir votre présence est un travail absorbant. Elle partira à trois heures de l'après-midi. En arrivant dans le café, trois heures m'empoisonnent. Économiser le temps, quelle horreur. Monstre, elle a les mêmes besoins que toi mais elle les a ailleurs. Dans la cabine téléphonique, je demande du courage aux numéros et aux dessins gravés sur le mur. D'elle à moi c'est facile. Elle a été le régulateur qui travailla en douceur. Je caresse les numéros sur le mur pendant que nous raccrochons les appareils. Je rentre dans mon réduit. C'est tendu parce que c'est l'abstinence des larmes.

Elle n'est pas partie. Elle est dans ma ville. Elle n'y sera plus longtemps et je ne la vois pas. Un mot de révolte, un mot consacré à son indifférence serait un sale mot de trop. Je pense aux accidents d'avion, je pense à sa mort. J'ai la barre de fer chauffée à blanc devant les yeux. Je vide le poêle. Je casse le bois. La hache me libère. Je fracasse mon plancher. Un matin, j'ai pris le poêle allumé à deux mains, je l'ai jeté plus loin. Il a rendu sa braise, sa chaleur. Je me suis brûlée au bras. Elle partira.

Dernier déjeuner avant son départ. J'ai lavé mes cheveux. Ils sont mous. Ils résistent aux mouvements. Quand ils vont bien, ce sont eux qui ont des inspirations. Je me regarde dans le miroir : comment oses-tu, comment oses-tu y aller? Je remets de la poudre. Je me regarde dans le miroir pendant que mes bras pendent. J'ai honte pour celle qui me supportera pendant trois heures. Qu'elle entre dans le réduit, qu'elle déclenche la mitraillette, qu'elle me fasse sauter avec le réduit. C'est une erreur. Nous n'avons pas besoin des autres pour mourir. J'y vais. Elle converse avec quelqu'un. Je m'installe dans le coin opposé. Elle a vu le bœuf qui a de la peine. C'est accompli : je l'ai exténuée. J'achète des cigarettes au garçon pour me rattraper en moi-même. Nous quittons tout de suite le café. Elle n'a pas souligné son visage. Cela m'offense directement. Nous marchons sur le boulevard. Elle se tait. Je revois la fine résille sur son visage. C'est le tourment. Elle partira pendant trois mois. Elle ne me parle pas. Je m'accuse de mon impuissance, de mon néant. Je déchire mes vêtements. Je suis l'accusée. Me voici. Qu'ai-je fait? Approchez les buissons de mon village. Encerclez-moi. Tressaillez. Vous serez mon donjon chantant. C'est l'hiver. Les buissons hivernent sous la glaçure. J'avance à côté de celle qui ne parle pas. Son tourment, dont j'ignore l'origine, est mon péché. Cela se prolonge : je suis tous les péchés du monde. Sa voix ne vient pas au-devant de moi. Nous entrons dans le restaurant. Le serveur nous offre deux places le long du mur. Elle refuse. C'est trop intime. Elle choisit un guéridon au milieu de la salle qui sera salle d'attente pendant notre déjeuner. Que l'on m'apporte des épines comme entrée et comme dessert... Je blesserai mon gosier. Je le soulagerai. Sur la carte, je choisis ce qu'elle a choisi. Je devine que cet enfantillage l'agace. J'ai traité une affaire avec le serpent qui dormait dans la plinthe du restaurant. Je suis son client. Sa piqûre est délicieuse. Le serpent parle pour moi : « Je vais me tuer. Je ne peux plus continuer. Je me tuerai... » Elle me regarde. Elle pense que mes yeux sont déjà morts. Elle secoue mon bras posé sur le guéridon. Elle touche la manche de mon manteau. Elle dit des bonnes paroles qui m'abattent. Le serpent s'est rendormi dans la plinthe et j'ai roulé celle qui déjeune avec moi. Je murmure : « Ne me croyez pas. C'est du chantage... » Elle croit en mon visage défait, en mon ruban ridicule, en mes cheveux malades. Je quitterais volontiers le monde si quelqu'un me poussait. Elle a secoué mon bras. Je me raidis. Je suis dans une armure.

Dans mon assiette il y a un avion, des poteaux télégraphiques, une cheminée de transatlantique, les ascenseurs de Géorgie, la canadienne du pilote, le calot de l'hôtesse de l'air, le parachute plié, des fruits de Californie, un gratte-ciel, des tunnels, des signaux d'alarme... Elle me parle. Un train répond : présent. Elle partira. Je n'élève pas la main. Je la quitte. Je marche de travers entre les maisons.

J'avais une hache prête entre mes jambes pendant que je déjeunais avec elle au restaurant. Le manche a basculé, la hache se donnait. Je me suis levée. Je la tenais loyalement contre mon mollet. J'ai dit qu'il fallait des allumettes pour nos cigarettes. Elle a ouvert une revue. Elle lisait. J'ai disparu. Si nous la tenons la tête en bas, la hache a une pesanteur réelle. C'est un lotus qui refleurit au bout de notre bras. Je l'ai élevée pour la dissimuler sous mon manteau. Elle avait changé de poids. Si je l'avais mise sur l'épaule, j'aurais été une sentinelle vide et propre. J'aurais porté sur mon épaule tous les coups qui ne partent pas. Des frères jumeaux, le tranchant et le ver luisant. Si je l'avais laissée tomber sur mon pied, je l'aurais soulagée. Je l'ai cachée sous mon manteau. J'étais rapide avec les mains à grand rendement des prestidigitateurs. Je me suis retirée dans les lavabos. Encore une glace. Toujours des glaces. Dans le chemin de fer, dans les rues, dans mon armoire, dans mon sac, dans le métro, dans leurs yeux, dans le ruisseau, dans leurs mots, dans le seau d'eau, dans leur rire, sur la lampe de cuivre, dans leur sourire, dans l'étonnement des enfants, avant, après le verre d'alcool, des glaces, des glaces... Reniez-moi, indomptables. J'ai une hache. Si vous me crucifiez, glaces, glaces, glaces, je m'en servirai. Je frapperai. Vous ne me maltraiterez plus. Je me suis revue dans la glace des lavabos. C'était pareil mais le jour du soulagement est arrivé. J'ai frappé. Des croûtes se détachèrent de moi, tombèrent à mes pieds. Mes pourritures, ma passivité, mes lamentables étalages, mes lamentables raccrochages aussi. Le maillot gluant partait aussi. J'avais la hache contre mon cœur. J'ai marché sur le tapis de mes croûtes. J'étais neuve. Il fallait qu'un bruit me louangeât. J'ai laissé tomber encore la hache. Le bruit a fait du chemin. Je dérangeais le tombeau d'un roi. Je me suis agenouillée. J'ai vu la brisure de près. Sur le carrelage, une étoile échevelée. J'ai arraché la manche de mon manteau. Celle qui lit dans un café l'a touchée. Je l'ai mise sur ma peau. J'ai eu un scapulaire. J'ai ramassé la hache. J'ai des forces. Je serai le bourreau. Je fus le bourreau de la glace des lavabos. Ne plus se voir. Sainte délivrance. J'ai frappé. Je frappe. Je suis le nuage anthracite en marche. J'abats. A la place du cerveau, j'ai le bloc de charbon froid. Il a tout éteint. Je frappe. Ma main se dégage de moi. C'est formidable. Je suis le nuage qui peut quitter le ciel et s'abattre en bloc. Ma main est un iris. J'ai une main épanouie. Je frappe. Mon existence est une nébuleuse. Des éclats de miroir tombèrent dans la cuvette des lavabos. Ils rebondissaient. J'avais fini. Leur bruit m'accordait un supplément. Je ne me verrai plus. Des croûtes se décollaient de mon visage. J'aurais préféré les soulever, les détacher. Saigner. Je me perdrai de vue. Je serai la prairie dévoilée parce que l'aube élargit le monde. Je me suis approchée du dégât. Je ne me vois plus. Je m'écoule entre les berges. J'ai remercié la hache. J'ai adoré le tranchant. Je n'ai plus de reflet. J'ai dansé sur mes croûtes. Celle qui lisait dans le restaurant m'attendait. J'ai retroussé mes manches. La hache a tournoyé au-dessus de ma tête. J'ai bondi dans le restaurant. Me voici :

j'ai vingt ans. Je suis le bûcheron. Je suis beau. Les enfants me l'ont appris avec leurs mains. Elle lit. Le jour de la Toussaint, ma peau sent l'abricot. J'ai la formule des forêts sur la peau. Elle brûle. Elle sent la cuisson. Je bûche, mon poitrail présente au tronc magistralement ridé la dorure des boulangeries. Elle lit. Mon encolure est toujours en liberté. Ma chemise, c'est ma voile. Elle claque, elle halète, elle a des emportements. Le vent la lutine. Elle lit. Le vent se coule jusqu'à mon ventre. Il s'introduit pendant les quatre saisons. Le vent commet entre ma chemise et ma peau les prouesses du maître verrier. Elle lit. Ma chevelure vit au soleil. Elle gonfle. Des oiseaux y bâtissent leur nid. Quand j'ai fini ma journée, je ne baisse pas la tête pour renouer mes lacets. Entre les vieux rails, je me promène avec mes petits chardonnerets. Elle lit. Sous mes bras, j'ai des touffes de menthe. Quand je me démange, j'épice mes doigts. Elle lit. Je suis plus fort que le chêne. Je l'ai abattu. Je l'abattrai. Elle lit. Ma taille, c'est du ruban de velours déroulé au mètre. Pour ceinturon, je porte un triple rang de rameaux. Ma couronne de lauriers a été placée là. Elle lit. Mes bottes neuves gémissaient. J'ai mis des rossignols dedans. C'est plus chantant. Elle lit. Dans mes reins, j'ai la série de fauvettes. Dans ma poche, j'ai les tourterelles. Quand je perds ma cotonnade, j'éponge la sueur dedans. Quand je les étouffe, je les remplace. Elle lit. Dans mon avant-bras, j'ai le fuseau, j'ai la quenouille. Elle lit. Quand l'arbre tombe, la cime pénètre entre mes jambes. De la dentelle d'acacia flatte mon visage. Elle lit. Quand je me repose sur les fougères, je vois mes veines. Sur chaque bras, j'ai la Riviera. C'est bleu. C'est gai. Elle lit. Ma force est une batterie. Elle lit. Je taille, j'entaille, je taillade, je déracine, je détrône, j'éclaircis, je déboise. Dans mon corps, il y a ce taillis de mes forces. Sur mon dos, la sueur s'achemine. C'est la coulée de mercure. La goutte qui tombe sur l'échine est lointaine. Elle lit. Mes cuisses sont rembourrées avec de la grenaille. Mes poignets sont mes souverains.

Elle lit. Je serre la hache. Je l'envoie dans l'arbre. Je la retire. Je recommence. Les éclats s'envolent de la blessure que j'agrandis. Elle lit. Autour de mes bottes, une cour de gros éclats de bois. Je transmets ma force à l'arbre. Elle lit. Je baisse la tête. Je ne pourrai pas épargner mes petits chardonnerets. Elle lit. Je fends longtemps au même endroit. Elle lit. L'arbre est entamé. L'écorce est rude comme la mer par gros temps. L'arbre a subi un ébranlement. Il n'y a pas eu de démonstration. Elle lit. Nous ramassons les cordes, nous manœuvrons, nous encerclons ce qui est droit. Elle lit. C'est la capture. Nous tirons. Nous précipitons le naufrage. C'est, en plus, un sérieux travail de halage. Elle lit. Les feuilles fraîches sont arrachées à la protection du ciel. Avec leurs branches, elles viennent pour mourir. Elle lit. Nous tirons méthodiquement, c'est un débordement de fatalité. Il y aura le craquement. Elle lit. Époque redoutable. Les oiseaux fuient. C'est plus sérieux qu'un orage. Nous tirons encore. L'arbre arrive sur nous. C'est le bâtiment inévitable. Elle lit. L'arbre salue remarquablement la terre. C'est solennel. Elle lit. Nous avons entendu le balayage élégant. Elle lit. Le mort barre la route. Elle lit. Le bel arbre est à nous et nous buvons. Nous l'enjambons. Elle lit. Quand les troncs sont purs, les attelages viennent pour l'enlèvement. Elle lit. Ce sont des attelages à quatre rangs. Il y a les chaînes, leurs croisements, le soulèvement, le chargement. Elle lit. Le mort est redevenu puissant. Les chevaux ne peuvent pas démarrer. Ce sont aussi des arbres. Il y a un enfer d'efforts. Les sexes fripés des chevaux se balancent. Elle lit. Les charretiers jurent mais ils sont des cancres à côté des chevaux. Le convoi se déracine avec sa loque rouge. Elle lit. Je lui ai présenté mes poignets, ma force, ma beauté, mes arbres, ma tuerie verte mais elle lit.

Fermez votre revue, Madame... Je vous offrirai un arbre. Nous ne sommes plus au restaurant. Nous sommes au café. Je déplace votre table. Je vous protège. J'abattrai toutes les tables de votre café. Quarante. J'ai besoin de bois. J'abattrai des objets mais j'épargnerai votre lecture. Vous lisez, vous mangez, vous respirez. Cela m'est insuffisant. Vous partirez pendant trois mois. Vous ne savez pas quand vous partirez. Vivre dans l'attente de votre départ est insupportable. Vous reviendrez. Je n'aurai pas le droit de vous fleurir avec ma main, avec mes mots, avec mes yeux, avec mon sourire, avec mon impatience. Partez, Madame... J'imagine que vous êtes partie. L'air des « Yeux noirs » peut démarrer. Le robinet détraqué se tait. Je démolirai les tables avant votre départ. Je suis forte. J'ai des coquelicots dans le sang. Mon fracas ne l'importunait pas. Elle lisait. J'ai amoncelé les planches des tables abattues. J'ai repris des forces. Je l'ai regardée. Sa gravité, c'est ma splendeur. Elle est assise. Je suis debout. Je ne veux pas baisser les yeux quand je l'admire. Tomber et n'être pas vue d'elle. Alors son visage planera au-dessus du mien. Lever les yeux pour recevoir ce visage. Je me concentre auprès du tas de planches. Je m'appliquerai à pourrir les choses que j'ai démolies. Mon corps aspire à la terre. Il n'aspire qu'à cela. Je ne suis pas morte mais je suis en avance. Je pense à cette parcelle que j'engraisserai. Il n'y a plus de carrelage dans le café. Il y a de la terre. La sueur devenait la robe de soirée la plus collante. La terre leva. Simplicité d'un tertre. Je me pare. Je mets l'arc-en-ciel autour de mon cou. Je suis l'orage qui a été pardonné. Je m'allonge sur le tertre. J'ai grand besoin d'obscurité. Pardonnez-moi, Madame... J'ose faire l'obscurité. Je suis allongée et, bientôt, la terre et moi serons emmêlées pour vous créer un arbre. Vous vous ennuyez. Ne partez pas, Madame... J'échauffe la terre pour vous. Patientez. J'étais allongée, je malmenais mon corps. Il doit céder. Il doit se donner chaudement au sol. Je me tais. Le cœur et le sang allaient comme une toccata. J'ai cette puissance : je couvre la terre. J'ai eu des tentations. Django Reinhardt est venu jouer de la guitare autour de moi. Mes pieds n'ont pas bougé. Les routes de Provence fredonnaient du beige pâle. Mes pieds n'ont pas bougé. Je collabore avec la terre. Je lui donne ma chaleur. J'ai entendu un bruissement de feuille de papier à cigarettes. Le remous indestructible. Je me levai et m'ébrouai. J'ai pressenti l'éclatement. La terre commençait d'accoucher. Dehors, c'était un commencement de printemps. J'étais lourde et morne à cause de l'effort des grains. La terre s'est ouverte. Elle était élastique. Le bien-être était pour mes chairs. Il y a eu le passage. L'arbre accompli avait jailli. La cime traversa le plafond du café. Du plâtras tomba sur mes épaules. C'était doux comme des résidus d'accouchement. J'ai contemplé le marronnier. Son cendrier, ses bouts de cigarettes avec le rouge à lèvres, son verre, sa soucoupe, sa table sont là. Les feuilles remuent. Ballet hindou dans l'arbre. Le tronc, c'est de l'ébène. Une douceur pour sa main. Dans le feuillage du marronnier, l'œil se baigne. Ce vert persuasif est pour elle. Les bougeoirs roses de l'arbre étaient pour elle mais elle est partie.

Pendant qu'elle secouait mon bras, j'étais la souris qui tombe dans la petite tombe creusée à sa mesure. Pendant qu'elle secouait mon bras, je fixais mon assiette vide, agressive. Une assiette de porcelaine blanche est une chose impénétrable. J'ai examiné la manche de mon manteau, j'ai examiné l'endroit où elle a posé sa main. J'ai découvert une minuscule couronne mortuaire. J'ai renoncé à elle. Je ne veux rien d'elle. Ses pull-overs gris me procurent une accalmie. Je lui parle, je me console avec la couleur de son tricot.

Je demande si elle est encore dans ma ville. Quelqu'un répond : « J'ai déjeuné avec elle. » Elle n'est pas partie. On m'apprend la date de son départ. Après, je la rencontre dans un café. Le matin, je la cherchais partout sans le montrer. A midi, j'ai ouvert la porte du café. Elle est assise à la première table. Je la salue. Je m'assieds plus loin. Je me vide. Elle vient. Elle me dit au revoir. Elle secoue ma main. Nous faisons tous ainsi quand nous partons en voyage. Je quitte le café avant elle. Ses amis la conduiront à l'aérodrome. Son départ est inattaquable avec l'avion, avec l'aérodrome. Partez, Madame... Je suis à ma table. Je ne bouge pas. Dans ma tête, c'est la foire. Elle reviendra. Je suis l'inutile. Je ne tente pas les assassins. J'entraîne les petits assassins. Ceux qui vous parlent d'abord pour vous renier ensuite. Ceux-là utilisent des canifs. Je leur tends les bras quand ils viennent chez moi. J'ai faim. Je me jette sur eux. Ils s'enfuient. Quand je m'habitue à leur pas, quand je le reconnais, ils disparaissent. Je meurs de faim : je me dirige mal. Je suis le pardon mais ils ne reviennent pas. Je leur répète que j'ai faim. Je me jette sur eux. Ils ne me croient pas. Tricher. Descendre dans la rue, suivre un inconnu, le dépasser, me retourner, lui dire « tu viens ? ». Rentrer chez moi avec cet inconnu, ne pas allumer, ne pas lui infliger mon visage, ouvrir son col, toucher une peau qui n'est pas la mienne. Je suis une incapable. La foire intérieure continuera. Si mes oreilles bourdonnaient, j'aurais une compagnie. Je lis, je travaille, je trime avec moi-même et je me traîne. Je suis le bœuf tout seul qui dépérit. Ils me posent des questions. Je leur réponds honnêtement. Ils marchent sur mon corps pour sortir plus vite. Ils ne reviennent jamais. Je suis monotone. Je n'ai aucune raison d'être frivole. Je ne remue pas les lèvres pendant des jours. Quand je sors de ma chambre, je demande mon chemin. Quelqu'un me parle. L'épouse du marchand de charbon me dit : « On vous le livrera après-demain... » Je pleure chez moi parce qu'elle a prononcé mon nom la veille des fêtes de Pentecôte. Vieillir plus vite. Sortir avec une voilette. Ne regarder que la terre. Il est interdit de porter des armes pour se révolter. Je n'ai que mes ongles.

Sur son absence véritable je n'ai rien à dire. Je respire plus librement depuis qu'elle est partie.

Le ciel était bas. Il bordait amplement la terre. C'était plombant. C'était midi. Le silence et la chaleur étaient dans les étaux. A cause de cette retombée du ciel, à cause de midi qui ne sonnait pas jusqu'ici, à cause de la supériorité de la chaleur, la vie de la mouche, la vie de l'alouette, la vie des insectes, la vie était dans des griffes. L'herbe de la plaine ne pouvait pas se préserver. L'héroïque, c'était elle. Le ciel chargé de bleu rutilait. C'était la gloire et la misère. Les bourdonnements, c'était affaire d'imagination. La plaine grillait et supportait. Une lumière cruelle démasquait le paysage. Il se révélait comme un visage giflé. Le soleil le tenait à sa merci. On avait tendu l'arc mais la flèche ne partait jamais. Je n'entrais pas dans la plaine. La traverser eût été insensé. C'était la chaleur sacrée. Plus je la contemplais, plus je me rapprochais de ses dimensions. Pendant les grandes chaleurs, elle entretenait une tragédie sans personnages. Le préambule était dans l'air. Pas de fleurs, pas de chardons. Pas de vanité. Un stoïcisme sans cause et sans effets. C'était uni. C'était pensif. C'était la vie intérieure de la nature. Dans le brasier, la tenue de la plaine a de l'envergure. L'ombre n'existait plus. Le cri, étouffé. La guêpe, écartée. On ne tirait d'elle que la retenue. C'était la grandeur pour elle-même. Plus je l'observais, plus je découvrais les largesses de ceux qui se contiennent. Le ciel la rencontrait mais il tombait trop bas. L'horizon était catastrophé.

Il arriva une odeur égarée. Une odeur de fumier. En plein été, en plein midi. Une odeur d'infirmerie. Une odeur trop humaine. Elle disparut avant d'entrer dans la plaine. Ensuite il y eut un retour de chaleur... Le tombeur, c'était elle. Elle fonçait sur la plaine. Elle ne l'abattrait pas. L'herbe pouvait flamber, les cendres demeurer, la terre se fendre et noircir. L'atmosphère était inattaquable. Je voyais les pieds des saints bien installés sur les bûchers. L'odeur du fumier revint. Elle précéda le coup de clairon. Le son plus blanc que cette chaleur déchira la plaine. Le clairon est le seul maître de la plaine. Ce fut le ciel qui gagna en superbe. Il n'y eut pas de retentissement. Avant tout, cette retombée du ciel.

Le régiment passait dans mon dos. Je n'ai voulu voir que le dernier rang. J'ai vu aussi la route sablonneuse qui conservait la trace de leurs clous et de leurs chaussures. Ils avaient lâché la petite route en poudre. Elle était dans la misère. Ce n'était pas la guerre. C'était les manœuvres. Les soldats bleus avançaient dans la plaine avec des charges de chameaux. Leur gobelet luisant et brimbalant me donnait la chair de poule. La discipline venait jusqu'au dernier rang mais elle y venait mollement. Ils ne laissaient derrière eux que l'odeur du drap. Les capotes du dernier rang paraissaient plus chaudes que celles des autres. Ils avaient relevé les coins. C'était plus marchant. Ils ressemblaient à des bouchers qui font faillite en tablier. Ils balançaient leur bras, ils balançaient leur main. Ils étaient de pauvres métronomes. Ils faisaient ce qu'il faut faire. Ils avaient soif, ils avaient chaud. C'était la répétition du devoir. Leur main poussait la chaleur en avant puis elle la ramenait en arrière. Elle s'appliquait, la dernière main du régiment, mais elle ne récoltait rien. En se trompant de rythme, elle ne cognait pas la main suivante. (Arracher une poignée d'herbes fraîches, la mettre dans cette main quand elle s'en va en arrière. La refermer. Faire vite.) Ne pas démolir le rythme de la bataille qui est dans l'avenir. Je voyais des toupies attendrissantes dans les bandes molletières. Ils s'arrêtèrent mais je les avais perdus dans une cage à rêves.

Le clairon resta dans la plaine. Il avait dégrafé la musique. Il la brandissait. Il exposait de l'héroïsme au ciel. L'instrument et ses cordons de noblesse ne pomponnaient plus la hanche du simple soldat. Bras levé, il dessina avec l'instrument une jolie lettre majuscule terminée par une boucle. Les tresses de soie rouge sautaient. Il y avait du groseillier dans l'air. C'était appétissant. Le clairon est l'instrument qui combat la paresse, l'interrogation, la peur. Le soldat renversa son visage. Le cuivre, avec ses blondeurs de bière, était sur ses lèvres. C'était un buveur des Flandres. Il avait arrondi sa bouche. Deux anus s'épousèrent. J'ai eu l'éclair massif dans les oreilles. Il avait le métal dans les joues. J'avais une coulée dans mes poumons. La plaine était déchirée mais elle subsistait. Sa dignité était invincible. Le paysage environnant prenait le large. L'infini, répercuté. La nostalgie aussi. Les soldats s'en allaient mourir de soif plus loin. Le clairon s'enroua. La hanche de ce simple soldat redemanda l'instrument. D'une maison, le sang voulut sortir.

La scène est vide. C'est bientôt l'entracte. Nous attendons le dernier numéro. L'orchestre battra en retraite. Le rideau rouge sera le cadavre tombé. Dans la salle, les ouvreuses déchaînées crieront le nom de leurs friandises. Le spectacle n'est pas fini. Le miracle de la distraction nous tient en haleine. Nous sommes dans l'attente. Nous jouirons. Nous palpitons. Les baguettes de tambour trépignent. La scène existe seule. Elle est énigmatique. Elle n'a pas de portes. Nous voulons quelqu'un en scène. Entre deux numéros il y a, malgré ce roulement de tambour dans une fosse, la vie secrète de la scène. Le roulement va à elle. La rampe de lumières est fidèle. Nous applaudissions, nous riions, nous nous exclamions, nous exagérions. La scène est vide. C'est un rappel à l'ordre. Elle nous informe que la réalité est derrière le bâtiment. Dehors, les hommes crachent encore du sang. La pauvrette, qui est démunie, nous le dit. La première partie du programme est achevée. Nous sommes chargés. La poussière soulevée par la ballerine pique nos yeux. Elle est dans nos cheveux. Le battement des tulles alourdit le climat. Elle s'offrait à la lune. Nous l'avons sur les bras. Il y avait le trafic artistique de ses reculs, de ses craintes, de ses exploits. Le tulle bouge contre nos tempes. C'est le souvenir, c'est la palme d'Éthiopie. La danseuse est partie comme une autruche. Ses bas démesurés sont sur nos mollets. L'attirail du prestidigitateur nous a accablés. Les coffrets de laque sont dans nos poches. Nous avons la série complète. Les mouchoirs, qui pâlissent, qui verdissent, qui rougissent, sont dans nos poings. La soie agace nos ongles. Les drapeaux en brochette sont sur notre gorge. Nous gonflons notre poitrine pour tous pays. La colombe, qui ne se fatigue pas en scène, se remplume dans notre chapeau. Notre tête est un buffet garni. Nous avons l'enfer bruyant du couple de patineurs. Nous avons le paradis mièvre des divettes avec le trille poussé jusqu'à la crête. Nous croulons sous les accessoires, sous les trucs, sous leurs études, sous leur limite. Le tambour ne roule plus.

Ils entrent. Ils viennent de Sparte, de Rome, d'Athènes. Ils sont venus à pied en maillot blanc. Ils sont intacts. Leur entrée fut orgueilleuse. Ils saluent. Ils marchent avec un bras tendu. Nous sommes soulagés. La vérité est arrivée. Ils travailleront avec tous leurs muscles sous leur peau. Nous sommes les dépossédés. Dans leurs muscles, ils ont la puissance de César. Les acrobates du main à main vont nous conquérir, nous unifier. Nous avons eu ce pressentiment en les regardant marcher.

Ils sont beaux parce qu'ils sont sévères. Ils abaissent leur main. Ils ne disent rien. Ce sont de grands acteurs. Leur force est déjà au pouvoir. Ils mettent tous leurs muscles en scène. Nous n'avons pas vu le plus grand et le plus fort s'allonger à terre. Il y est. Il jette ses bras en arrière. Le bruit des phalanges qui ont cogné les planches est considérable. Le plus petit et le plus rose est debout sur le côté. Il a croisé ses bras. Il fixe la mer. Il est indifférent. Il se fait aimer. Son partenaire l'attend avec des palpitations. C'est l'ardente séparation. Ils s'ignorent mais nous savons qu'ils s'uniront. Celui qui est couché a un corps volontaire. C'est le juste allongé sur la table des lois. Notre maillot d'algues marines nous quitte. Nous découvrons une nouvelle ligne d'horizon. Nous nous transfigurons. Cette force qui va sortir et se produire en public nous lignifie déjà. Une colonne, voilà notre carcasse. Et nous sommes aussi ligne d'horizon. L'acrobate debout se concentre. Entre les deux hommes, il y a la froideur, la distance, la complicité. Distance d'un rosier à un autre. Froideur du frère et de la sœur qui rêvent l'un de l'autre. Complicité du dard et de la chair. L'acrobate couché a claqué des mains. La grâce sort des ruches. Un mouchoir vole. Les églantines s'envolent. L'acrobate couché est prêt. Il appelle. Ses poignets se tournent et se proposent comme des bouquets. L'acrobate debout les saisit. Il les scelle. C'est une prise d'amitié. Pour desserrer leurs mains et leurs poignets, il faudrait des scies et des bouchers. Le plus petit est monté sur les cuisses de l'autre. Il l'attire à lui. C'est la bascule humaine. Voici le grand acrobate soulevé par l'autre. Les muscles se rengorgent. La revue du muscle est commencée. Les mains et les genoux du porteur tremblent. C'est érotique en plusieurs endroits. Un homme aux muscles huilés élève et soulève un autre homme. Notre corps baigne dans les huiles jaunes. Nous ne bougeons pas mais nos rouages fonctionnent. L'homme ne peut pas élever plus haut son partenaire. Ils se regardent dans les yeux. Ils sont désunis. Ils saluent. Ils effacent volontairement ce qu'ils ont fait. C'est le comble de la science. Celui qui est retombé a eu un glissement d'étoile filante. Ils ne se connaissent plus. Ils se délassent gravement. Ils foulent un tapis de haute laine. Ils se lancent le mouchoir. C'est la pantomime souple. L'acrobate le plus fort se recouche et c'est encore l'appel. Le plus petit a été enlevé une autre fois. Il a la tête en bas mais ses pieds sont fiers. Son corps est aux aguets. Il penche, il prévoit la faiblesse de son partenaire. Quelquefois il dessine un demi-cercle câlin. Charmant déclin de l'éventail qui s'ouvre. Il redescend, il se met en boule, il fait un tour sur lui-même, il s'étire horizontalement entre les bras tendus de l'athlète. L'arbalète est bandée. Les pigeons voyageurs peuvent monter. Il n'y a plus d'inégalité. Le porteur s'est allongé sur la scène. Il n'a pas lâché son fardeau. Leurs corps horizontaux sont des parallèles troublantes. Ils ne se quittent plus des yeux. Ils pourraient se couvrir l'un avec l'autre mais entre les deux ventres il y a des ronces. Les verges sont en face l'une de l'autre. Une chaînette d'or les relie. L'acrobate le plus fort roule à droite, roule à gauche avec son tableau vivant. Cette équation du muscle nous envoûte. Quand ils saluent, le plus petit désigne son souteneur au public. Ils partent sur un roulement de tambour. Ils reviennent. Ils se redressent. Ils se gonflent. Tous les muscles se mettent sur les rangs. Je baisse les yeux. Je découvre que l'orgueil n'est pas à l'unisson. Je suis un dénicheur et un redresseur de sexe. Je commence mon numéro. Ma main s'envole. Elle monte jusqu'aux cintres, elle redescend. Elle va au but. Elle est entre les jambes de l'acrobate le plus fort. Ma main n'est pas perverse. Elle désire cet orgueil entre les jambes de l'acrobate. Elle réfute des accessoires minables en pleine lumière. Elle les veut plus apparents que la rose des liseuses en cuir repoussé. Au music-hall, ma main fait cela en imagination parce que je suis pour l'orgueil universel de l'athlète.

Ils ne savaient pas qu'ils fêtaient la rue. Ils taillaient les arbres. Les feuillages tombaient comme des désespérés. Ils dissimulaient les ruisseaux. L'Arabe avait exposé ses tapis sur la balustrade de l'entrée du métro. Sa blouse grise n'effleurait pas le balcon décoré. Ils honoraient la rue en dégarnissant les arbres.

Quand on se promène avec la muselière en main et que le chien folâtre autour d'elle, l'objet et la main du propriétaire de l'animal sont candides. Les personnes fragiles qui baignent seulement leurs pieds dans la mer tiennent ainsi leurs sandales en lanières de cuir. Le monsieur qui n'aime pas être embarrassé et qui porte la muselière au poignet a une allure frivole. L'objet qui se balance ressemble à une gourmette énorme. Le monsieur est devenu équivoque.

Je longeais le café où elle lit. J'ai dit bonjour au garçon qui surveillait les clients de la terrasse. J'ai été inspirée. Je suis revenue sur mes pas. J'ai demandé si elle était rentrée. Le garçon a répondu : « Elle était là ce matin. » Puis le garçon est parti dans le café avec une commande. C'est normal. J'ai traversé la rue. Je me fabriquais l'apparence inoffensive d'un agent du Deuxième Bureau. Elle est rentrée. Il pleuvait. Une auto dérapait. C'est la délivrance et c'est le recommencement. Je ne réalise pas la nouvelle de son retour. Je suis disponible pour une plus grande nouvelle. Je ne peux pas allonger le bras jusqu'à son retour. Elle est dans ma ville mais la voici au-delà de l'absence. Je rentre chez moi. Je ne suis pas triste, je ne suis pas gaie. Je suis vidée, je suis vague. A dix heures du soir, j'ai su par moi-même qu'elle était rentrée. Le manège s'est remis en route. J'ai renoncé à elle et je la reverrai. Quelle dérision je suis à moi-même...

Pendant que je dors, je sais que je dors mal. Il est moins fatigant de ne pas dormir du tout. Pendant que je dors, l'événement me tourmente. C'est le bourdon. Il est plus calmant de veiller, de ne pas remuer et d'absorber l'événement qui est tout de même de l'oxygène.

Venez dans mon réduit, sauvages du Cameroun. Vous êtes assis en rond, je prononce son nom. Il vous fait rire aux éclats. Vous ne savez pas ce que c'est, un nom. Vous ignorez la valeur du sien. Je le prononce devant vous. Je ne commets pas une indiscrétion. Vous ne relevez pas ce que j'ai dit. Je vous embrasse, sauvages du Cameroun...

Rencontré à onze heures du matin une poussette remplie de paniers dans lesquels seront secouées la salade de blé, la scarole, la cornette, la batavia, la chicorée frisée, la laitue. Les paniers sortaient de l'usine. Cette montagne magique brillait dans le soleil. Les apprentis nonchalants qui tiraient cette poussette parlaient de la force de Tarzan. Ils n'étaient pas d'accord. La poussette a ralenti. Un chien a aboyé. Le soleil a insisté. Les paniers étincelaient. Quand il est neuf, le grillage est mutin. C'est la rouille qui pontifie.

Je ne l'ai pas revue mais je la fais apparaître. Cela commence dans la douceur puisque cela commence dans la poussière. Je me suis enterrée, c'est la saison du poussier. Il cajole ma peau et je cajole ce résidu d'orphelinat. Mon œil gauche, celui qui vieillit le moins, est demeuré à la surface de la terre. Il est coriace. Il ressemble à la fleur « gueule-de-loup ». Il fleurit l'entrepôt du marchand de charbon dans lequel je me suis enterrée. Les petites voitures de livraison repliées en accordéon et les camions à ridelles sont des véhicules découragés. Ils ont été mis de côté. Je ne bouge pas. Il ne faut pas déranger le poussier qui est sur moi. Il est plus délicat que mon lit, cette platitude jamais chiffonnée, jamais trempée. Il est dans mes cheveux, à la pointe, à la racine, dans les cernes de mes yeux, dans mes rides, sur mes sourcils, entre mes lèvres, entre mes doigts, dans mes ongles. Dans mes salières, il y en a peu. Le velouté noir et moi, on s'apprécie, on se garde. Mon œil gauche voit mais je ne suis pas vue. Je suis l'élue du poussier. Je ne le tripote pas. Je ne le mouille pas avec de l'eau. Dans mon réduit, je ne l'utilise pas. Il est tranquille au fond du seau. Quand il n'y a plus de morceaux de charbon, je le remmène à la cave. Pendant les grandes fêtes de l'année, mes mains vont le trouver. Alors mon cœur est enrobé. Quand on n'a pas frappé à ma porte pendant huit jours et que la chute de chaque jour est trop lente, je descends avec mon seau à charbon. Je pousse la porte de la cave, je suis enfin chez moi. Les bruits des autres ne me font aucun effet. J'enfonce mes pieds dans le poussier. La douceur monte comme une vapeur. Je suis la reine des chauves-souris. Je ne puis en dire davantage car mon œil gauche a vu quelqu'un dans l'entrepôt.

Ma paupière me gêne. Avec un geste cauteleux de frais opéré, je sors mon bras. J'arrache cette paupière. Mon bras se remet dans le poussier. J'aurai connu la béatitude de la peau. Les taupes ne sont pas malheureuses car mon bras est du genre taupe rentrée sous terre. Celle qui a voyagé pendant trois mois est dans l'entrepôt. Elle s'habille autrement. Elle a une robe fourreau. « Faites qu'elle ne se salisse pas... » C'est impossible, me signifie le grand escalier qui est dans le local. « Je l'ai élevée, je la préserverai. » Mon œil compte les marches et s'égratigne. Il y en a trop. Elle les a gravies une à une mais je ne l'ai pas vue le faire. Elle est au faîte. C'est fragile. J'ai peur pour elle. Elle n'y pense pas. Elle se recoiffe. Elle me tourne le dos. C'est suffisamment charmant. Elle retouche sa coiffure. Elle est un peintre qui fait du pointillisme dans une chevelure. Elle a des gestes dosés. Ses doigts dansent un menuet. Elle ne place ni ne déplace les épingles. Cette coiffure relevée est extraordinaire. C'est l'auréole, c'est le diadème, c'est la tiare. C'est immuable. Je ne l'imagine jamais les cheveux défaits. Dans le cou, sa barrette est tendre. De chaque côté de l'escalier, l'anthracite miroite. Il lui rend les honneurs.

Mais une épingle à cheveux est tombée sur le sol de l'entrepôt. Elle est contre mon œil, ouvragée, ondulée. Il faut me déterrer, il faut la ramasser, il faut monter l'escalier, il faut me présenter, il faut lui rendre cette petite lyre à deux branches. Elle dira : « ... Vous êtes gentille. » Ce sera insuffisant. Mes membres engourdis sont choyés par le poussier. Sortir du trou. J'hésite. Elle continue de se recoiffer. Je remue, je suis discrète. Je ramasse d'abord ma paupière, je la recolle, puis je ramasse l'épingle à cheveux. Je la serre dans mon poing. Je noircis mon visage. Il sera méconnaissable. Je serai un Noir qui lui rend une babiole trouvée dans l'entrepôt. Je ne veux que cela pour elle. Maintenant il pleut du poussier. Je salis l'épingle. Je salirai l'escalier. Je salirai chaque marche. Je crains de pleurer devant elle. Je mets une poignée de poussier dans ma bouche. Le sanglot ne passera pas. Je gravis deux marches, je retombe. Je recommence. J'échoue sur la troisième marche. Je retombe dans mon trou. Ma main, qui tient l'épingle à cheveux, est gluante, malpropre. Je recommence. J'arrive sur la quatrième marche. J'ai mis mon talon dedans. Les sangsues prennent mon sang. J'ai tout de suite des mollets de rachitique. Je ne peux pas crier. J'ai la pâtée de poussier dans la bouche. L'effroi, de haut en bas, me fend en deux. Elle retouche sa coiffure. Elle a besoin de l'épingle. Je grimperai. De marche en marche, c'est plus chaud, plus glissant, plus vivant, plus grouillant. Si elles continuaient de me saigner, je deviendrais plus effilée que l'épingle à cheveux serrée dans mon poing. Celle qui se recoiffe a gravi le grand escalier avant le règne des sangsues. Pour moi, c'est différent. Elles me sucent de plus en plus haut. Mon sang me quitte comme le train la gare. Je suis sur la sixième marche. Je tiens ma tête haute pour ne pas les voir. J'ouvre la bouche mais la pâtée de poussier ne s'en va pas. Ivres et gavées, certaines se décollent, tombent dans le charbon. Je gravis d'autres marches avec ma petite épingle mais elles montent toujours plus haut. Je vois pâlir ma main malgré la mitaine de poussier. Ma main a faibli. Elle s'ouvre. L'épingle à cheveux tombe. On n'a rien entendu. Je descends. Je ne lui ai pas rendu ce qui lui appartient, je n'ai pas retrouvé le trou dans lequel je m'étais enterrée.

A dix heures du matin, je vais et viens devant son café. J'espionne. Elle n'est pas là. J'entre. Je questionne le gérant. Il répond vaguement et poliment. C'est un gérant. Je m'assieds. Je suis l'unique cliente. J'ai peur. Je commande à boire mais j'ai peur. Elle arrivera, elle délogera celle que j'ai créée pendant des mois. J'expulserai, je foudroierai une absente que j'hébergeais. Cette absente disparaîtra comme une bulle de savon. Elle entrera dans le café. Elle ne me verra pas. Elle tournera à gauche. Je suis à droite et je me sauverai. La bouteille d'eau sur la table est dans sa gaine de buée, les cubes de glace sur l'épaule du livreur. Il les dépose sur la plate-forme, entourée de chaînes et de piquets. Le gérant frappe un coup. La plate-forme descend. La glace a disparu mais il fait plus frais dans le café. Des tonneaux vides montent sur cette plate-forme. Le temps aussi remonte lentement. Ce sont des travaux décents. Les chaînes se taisent. Le livreur sue modérément. Les garçons ont des tabliers purs. Je bois de l'eau. Je me vois boire, attendre, m'user, pourrir. J'ai une éruption de lucidité. Je suis à côté de moi. Je me réfléchis. Cela dure un instant. Le dédoublement est trop vertigineux. Le livreur a disparu. Il escalade l'escalier de sa voiture blanche dont c'est la seule intimité. Le gérant revient avec le garçon. Ils me disent qu'ils l'ont vue monter en taxi avec des valises. Ils ne savent pas qu'ils font la charité. Je réponds : « ... Ah! oui... » Le café est vide. Le gérant lit le journal près de la caisse. Le garçon sert dehors. Le livreur décharge sa glace dans un autre café. Dans la cave, ils replacent et ils comptent les tonneaux pleins. Qu'est-ce que je fais dans le monde actif de dix heures du matin? On peut se battre soi-même, les coups ne portent pas. Elle est revenue, elle est repartie. Serrez-vous un peu, les morts. J'ai besoin de ma petite place...

J'en connaissais quelques-uns. Parfois, ils m'écrivaient. C'est fini. Elle est à la campagne. Elle ne m'écrit pas. Elle ne croit pas en moi. Si elle savait combien c'est ardent, elle trouverait un mot ordinaire, un crayon. Si elle savait, elle ne t'écrirait plus. Tu lasses, tu lasses... Elle me supporte quatre ou cinq fois par an. Je suis la responsable de l'événement. Elle croit que l'événement est un mirage. Réchaud à gaz, fais-moi des offres plus pressantes. Je t'en prie, séduis-moi. Collaborons pour la convaincre. Elle se repose en grande banlieue. J'ai des chaussures de marche. Les nuits de mai sont des nuits élastiques. Je veux partir tout de suite. A l'aube, je serai devant son hôtel. Elle prendra peut-être son petit déjeuner dans le jardin. Je serai l'espion fatigué. Je suis lâche. Je me sauverai. Je monterai dans un train. Je reviendrai dans la ville. Le gâchis sera plus important. Donne-toi à l'événement. Sois le fruit rond qui se donne au soleil. Dans l'arbre, il résiste malgré le vent et les orages. Il rosit avant de rougir. Il mûrit avant de tomber. Donne-toi encore à l'événement. Ne tends plus les bras à l'amitié. N'ouvre plus la bouche. Tu le sais, personne n'a besoin de toi, ou bien crève-toi les yeux. Tu attendriras peut-être le personnel des hôpitaux. Mets-toi en sang. Provoque les soins et les ordres des internes des hôpitaux. Simule la folie. Les fous te grifferont, te mordront, te secoueront, te toucheront avec leurs ongles, avec leurs cris. Sers dans les restaurants, mange dans les assiettes sales, nettoie les chambres d'hôtel, couche-toi dans les draps qui conservent les érections. Recueille leur vermine. Réchauffe-la avec ton corps. Réchauffe-toi la nuque avec leurs serviettes de toilette sales. Ouvre les draps des maisons de passe, pose ta main sur toutes les taches, hume les poubelles, plonge tes bras dans leurs ordures. Je ne rattraperai pas le genre humain. Embauche-toi dans les grands hôtels. Cire des souliers dès que les clients sont couchés. La chaleur d'un pied dans une chaussure, un reste de chaleur... Attaque les passants, serre-les à la gorge. Tu goûteras à différents grains de peau. Fais-le pour renoncer à ceux que tu connais. Ils te méprisent puisque tu marches à genoux pour les rattraper. Tu vieillis à toute vitesse, tu étais laide et voici que tu enlaidis. Ton esprit ne fut pas brillant, maintenant il est mort. Quand tu parles dans les boutiques, tes paroles sont des évaporées qu'on n'écoute pas. Les sidis et les vieillards ne voudraient pas de toi. Les mourants ont leurs parents. Les routes et les paysages ne te supportent plus. Ton réduit s'est repris. Il faut te taire, te bâillonner, ne plus sortir et t'enfoncer dignement. On t'ignore quand tu es là. On ne te jugera plus. Ta vanité se rangera d'elle-même dans un tiroir. Tu n'es qu'une midinette tragique. Tu n'es que cela. Cesse de te flageller. Tu oublies d'être sévère avec toi-même. Ne te lève pas la nuit pour ouvrir ta porte. Aucun étourdi n'échouera à ta porte. Cesse de guetter le courrier. N'éteins pas le réchaud à gaz pour mieux entendre cette enfant le monter. Tu es le déchet. Encaisse cette absence de lettres. Déménage. Le premier étage ne te vaut rien. Tu es la proie de tous les pas. Ce talon sonore du marchand de lunettes noires te fait souffrir. Il ressemble trop au pas de l'homme qui s'est fâché et qui ne reviendra pas. Tout s'est retiré. On dit que les rapports humains ne sont pas possibles avec toi. Je sais que tu as faim. Taille dans ta chair, avale.

Ils m'ont rejetée. Je devrais les égorger si je les rencontrais. Je ne puis le faire. Qu'ils viennent ensemble derrière ma porte. Qu'ils arrivent la nuit, qu'ils se bousculent. Ce sera extraordinaire. Je me lèverai de mon lit, j'écouterai un moment leur souffle impatient puis j'ouvrirai. Ils se battront pour entrer dans mon réduit. Je donnerai des coups d'épaules à l'entrée de mon réduit. Je l'élargirai. Je serai forte puisque je serai recherchée. Les murs tomberont. L'entrée sera vaste. Ils courront tous au-devant de moi. Il y aura un halo de présences. J'ouvrirai mes bras. Ils se précipiteront dedans. Mes bras croîtront et multiplieront. Je pourrai les serrer tous en même temps. Je dirai : « Je ne suis pas une détraquée... » Ils me croiront. Ils comprendront. J'aiderai le visiteur éclatant à remettre son raglan. Ils s'en iront en me disant qu'ils reviendront et ils reviendront. Croyez-moi : en écrivant ce paragraphe, j'aperçois le paradis.

Si vous êtes à la campagne, Madame, marchez sur le côté de la route. Vous les frôlerez. Vous ne les chiffonnerez pas. Ils sont recroquevillés. Pour les avoir, il faut tirer dessus comme on tire sur les lilas volés en haut du mur. Ils sont originaux. Leurs pistils sont des moustaches de chat. Leur teinte va du mousseux au Veuve Clicquot rosé. Vous les remarquerez. Il a plu. Après la pluie, c'est un lancer de parfums sur le chemin vicinal. Après la pluie, c'est l'apaisement des confessions. Cette fraîcheur est une entraîneuse. Après la pluie, les herbes et les fleurs sont des exaltées. Les chèvrefeuilles, ces originaux enfin nommés, sentent la grande dame américaine. Je leur ai parlé de vous. Ralentissez. Respirez-les. Si vous êtes dans ma ville, marchez en baissant parfois la tête. Je connais vos rues habituelles, votre immeuble, votre escalier. J'ai parlé de vous aux pavés car ils ont votre pas, vos retards, vos avances, vos départs, votre routine, vos retours, vos rendez-vous. Ralentissez. Observez-les. Si vous êtes dans ma ville levez la tête. Je me permets de vous le demander parce que c'est le mois de Marie. Le beau tableau sans sujet est au-dessus de votre tête. Le ciel n'a pas de pompons, pas de houppettes, pas de grosses joues, pas de plumes de cygne, pas de minéralogie, pas de fantasmagorie, pas de symboles, pas d'hyperboles. Le ciel est bleu. Il est lui-même. Je lui ai parlé de vous. Ralentissez. Regardez-le. J'ai erré dans des nuages de poussière. C'était à proximité de votre café. Je prononçais votre nom dans les tourbillons, dans les valses cruelles du vent. La poussière nous est destinée également. Gardez-la sur votre épaule, Madame... Suivez les ruisseaux de votre rue. Des bouches d'eau sort la pureté. Contre cette bouche, un gonflement d'eau, une course de troupeaux. Le chat qui dort sur la rampe de la fenêtre a été déclassé. Les égouts ont des sonorités. L'eau propre se perd chez eux. J'ai parlé de vous à la course, à l'allégresse de l'eau. Arrêtez-vous. Écoutez-les. Le samedi, je vous ai vue frôler les mariages. Au-dessus des époux qui se dégagent des gerbes blanches pour entrer dans l'église, il y a une horloge. On entend les quarts d'heure. Ils sont tous de la famille des angélus. Après chaque coup, une collerette autour du clocher. Je vous ai espérée devant les chiffres de cette horloge. Votre rue est une gifle de vie. On palpe, on hurle, on se pousse devant les barricades de fruits et de légumes. Le bruit des balances résiste à cette vitalité infernale. Dans votre rue, j'ai remarqué une vieille femme dont la couleur des yeux s'est fanée. Elle essayait de vendre le thym et le cerfeuil. Son laurier n'avait pas de vigueur. Elle étiolait les petites herbes. Le dimanche, j'allais dans votre rue. Je montais les marches de votre escalier. Je descendais. Je n'obtenais rien. Je me consolais avec la vilaine peinture accrochée au mur de votre entrée. C'est un tableau de votre quartier dans lequel la vie a été tuée. Je n'oublie jamais de le regarder. Quand vous sortez, regardez-le, confondez-nous.

C'est la chaleur de juin. Dehors nous appelle. Nous nous dirigeons vers une patrie. Par les fenêtres ouvertes, les radios aboient nuit et jour. Je quitte l'autobus. Elle est là. Elle m'a reconnue de la terrasse de son café. Elle est venue au-devant de moi. Elle est là. Je n'ai pas trouvé la transition entre l'absence et la présence. De son voyage, de cette matinée d'été, elle tire le maximum pour son teint, pour ses yeux, pour son collier, pour les couleurs de sa robe. Sur elle, la beauté est un bluet. Elle m'a accueillie. Si les larmes venaient, je danserais mais les larmes de joie sont des économes. Je l'ai revue. C'est consommé. Mirages identiques de la présence et de l'absence... Je l'ai revue. L'autorité et la suffisance, je les ai en moi. L'ami qui est avec elle me cède sa place. Je m'assieds à côté d'elle. La lumière est du cristal bleu. Rien n'y échappe. Il faut monter dans les taxis couverts pour se réfugier quelque part. Le garçon de café lui apporte la cloche de verre aux gâteaux. Elle mange, elle boit du thé. C'est la nouvelle matinée, c'est la messe dans les églises, c'est la belle vie en satin broché pour les papillons. Elle m'offre un gâteau. Non, merci. C'est vous que je dévorais. Elle ne parlait pas. Dès que j'arrive, je l'étouffe avec mes poids. Ils vont à une présentation de film. Ils m'invitent. Je refuse. J'ai trop à faire avec son retour. Ils sont partis. Je demeure à leur table avec mon secret. Nous dînerons ensemble dans trois jours. Elle m'a donné ce dont j'avais besoin. C'est elle l'exploitée. Elle est belle, elle est libre, elle est intelligente. Je suis la larve, qui lui soutire, sans paroles, une invitation. Je touche sa chaise, sa tasse. Rampe avec les doigts, limace. J'ai demandé une fine pour me redresser. J'ai couru jusqu'à mon réduit.

Je ferme la fenêtre et les doubles rideaux, je mets les boules en cire dans mes oreilles, je m'assieds à ma table, je cache mon visage dans mes mains. Je revois la cloche de verre, les gâteaux, son collier... Je ne vois pas son visage. C'est trop brutal. Je m'habituerai à son retour. J'ai perdu sa voix, ses paroles. Elle a parlé gentiment de ma coiffure. Elle me traite en enfant d'un certain âge. J'ai honte. Je l'approuve et j'écume. Prendre deux revolvers, bien arrondir les bras, poser les orifices rafraîchissants sur les tempes, sur le battement des tempes, courir jusqu'à son café, donner des coups de pied aux chiens chassieux, bousculer les agents, renverser les aveugles, surgir dans le café, m'arrêter à sa table, penser à ne pas éclabousser ses sandales, me tenir à distance, tirer les deux coups en même temps. Elle saura que mon sang coule pour elle. C'est ma mort qui fait la fine bouche. Ma mort pour qui j'aurai dépensé des fortunes. Je l'ai revue. J'ai tremblé. Je claque des dents. Égorger le temps pendant trois jours. Secouer les pommiers qui seront encore en fleur jusqu'à mercredi sept heures...

Assise sur la marche d'un immeuble, je décidai, hier, de renoncer à elle. L'engloutir, la garder en moi, quitter la ville. Me lancer dans un nouveau renoncement. Par la mort, j'obtiendrais l'annulation de son mépris. J'aurais agi. Au début, ma personnalité était truquée. Elle l'a démontée et remontée. Je l'ai revue. Il faisait beau. Elle est belle. Un désir de destruction s'enroule à moi. Je suis injuste : elle ne me méprise pas.

Ma tristesse prend de l'âge, c'est un masque de fer. Le soleil et l'amitié n'ont pas de pouvoir sur lui. Je rêve que j'enlève le masque devant la glace de Milly. Je le tiens avec deux doigts. Je suis légère. Je suis le valet italien. Je recule. Ma main exécute un tour. J'ai un tricorne. Je le porte à mon cœur. Je me salue avec beaucoup de frivolité. Je commence un gai menuet. Ma gueule est au fond de moi-même. C'est la raison de mon arrêt. Retrouver le grattoir de mes mauvais devoirs. Décaper la tristesse. Sur mon visage, la vie voltigerait.

Mon sommeil est inconfortable. Je suis aux portes du sommeil : je n'ose pas entrer. Mes rêves, mes cauchemars, mes hallucinations sont à côté de la vie. Ils sont ce que le labourage bouleversant de mars est à proximité de la prairie éternelle de Normandie.

Vieillir d'un trait. Me servir du trait du passereau, avoir un bel intérieur spirituel. J'entrevois mon âme au chaud dans un grand parloir désaffecté. Cueillir ma vieillesse. Les robes rouges, les franges de cheveux qui me déguisent reviendront aux vitrines. J'irai avec une jupe et un caraco. Je ne remarquerai pas les passants. J'aurai un édredon sur mes vieilles épaules. Fais-le tout de suite. Je ne peux pas. L'espoir, c'est de la mauvaise herbe qui repousse. Sur mon sein, j'aurai le bouquet de roses sauvages qui n'a pas été regardé.

Quand je m'éveille le matin, avoir ce halètement d'aile de papillon dans l'esprit; avoir, épinglées aux oreilles, des grappes de groseilles; avoir un goût de menthe dans la bouche, un couple de pigeons sur le ventre; avoir la petite plume des chapeaux tyroliens dans le cœur; avoir dans mes bras la masse de fleurs intimes des blés, des avoines, avoir devant moi le miroir qui ne reflète que la beauté. Me lever, secouer les pétales inutiles pour mûrir gravement la journée, voiler ce miroir, apparaître. Abandonner mes déchets à mon vêtement de nuit, descendre dans la salle à manger de Milly. Être dans le ton comme le violon. Parler, sourire, intéresser, m'estomper. Ne plus injurier leur jeunesse, leur talent, leur légèreté, leurs trouvailles, avec mon physique en plomb. Ils sont fatigués de le porter dès que je m'assieds à leur table. La complaisance dans le malheur, voilà de la maladie incurable... L'idée de m'éveiller chaque matin à côté d'un témoin est une idée intolérable. Mon visage est impardonnable. Ma laideur m'isolera jusqu'à ma mort. Je recommencerai seule les journées. Ne pas faiblir. Je me détourne vite de la laideur d'un autre parce que la fraternité est trop cuisante. Quand un être au visage ingrat s'assied à côté de moi dans le métro, je suis dans les noces de sang. Alors je change de place. J'ai adopté le comportement indifférent pour la laideur des autres. La preuve de mon respect le plus profond.

Nous avons joué au croquet sur la pelouse du jardin de Milly. Nous nous affairions autour de la cloche ainsi que des mouches autour d'une viande bleue. C'est le passage frénétique. Le poète au maillet rose dit qu'il voudrait être enterré sous la cloche ou sous le jeu de boules. Il désire pourrir sous un centre vital. Les boules du jeu de croquet s'arrêtent puis reculent ou bien elles improvisent des figures parce que le terrain est irrégulier donc hasardeux. Nous jouons en même temps au croquet et à la roulette. Adresse et maladresse s'annulent. Le meilleur joueur, le plus cruel, est un cycliste qui ressemble à Minerve. Il cogne autrement que nous. Il lance la grenade. Il vise une ville. Son coup de maillet est sec. Entre le maillet et la boule, il y a crépitement. On le dit sans courage et sans passion.

Le jeu de croquet me révèle ce qu'il pourrait donner. Il porte des chaussures à tiges de soldat américain. J'assiste au délassement d'un faux guerrier. Quand il envoie sa boule trop loin dans l'eau dormante, il se penche, il dérange un univers de lentilles. Il cherche, il trouve, il repêche. Son impassibilité provoque chez moi la chienne silencieuse. Pour servir sa beauté, je lui demande des conseils de croquet. Il est jeune. Il est froid. Il me suffoque. Je ne m'appesantis pas sur ses yeux bleus. Ils sont vides. J'ai le vertige au bord du glacier. La bouche est petite. C'est une broderie terminée. Elle a des rapports de justice avec le front. La coupe des joues est une coupe retenue. Entre la bouche et le front, c'est la mesure sublime du nez selon le canon grec. C'est le titre de noblesse. Pas trop en fer, pas trop en chair. La pointe plonge fatalement dans la gorge d'une déesse. Comme sur les médailles antiques, ses cheveux bouclent chichement. Je m'incline sur mon maillet. La beauté du joueur m'escroque. Je pousse ma boule de travers. Pour mourir, ce héros sans signalement ne relèvera pas son visage plus qu'un autre.

Sur la pelouse, ils disent : « C'est à Violette... » Puisqu'ils prononcent mon prénom, puisque je suis dans leur maison, puisque je joue au croquet avec eux, je m'expliquerai. Je m'étendrai sur la pelouse et je leur demanderai de l'arracher. Ils l'arracheront de ma peau ce cataplasme de tristesse. Après, mon rire aura la spontanéité d'une figure de danseuse-étoile.

La rue du poète de Milly est une plus-que-lente... Entre les pavés, l'herbe est l'intruse qui perce et qui se modère. Les pierres obligent les mauvaises herbes, mais elles leur retiennent l'envolée. Affaire d'enjolivement et d'étranglement. La porte est dans un cul-de-sac. Me voici dans le réticule en satinette noire du prestidigitateur. Son bras peut plonger. Il ne m'aura pas. Devant cette porte douillette, la vague soupire et ne s'étire plus. Devant cette porte, la passion délicatement patiente. Dans l'angle du mur, des nattes de lierre se balancent. C'est évasif mais les fillettes qui ont les mêmes nattes voient leur bouche dans la glace ronde qui ne quitte pas la poche de leur tablier. Le drame de ce coin, c'est le mille-pattes avec ses rendez-vous. Que l'on s'y prenne comme on voudra, la sonnette agitée annoncera toujours un centenaire. Mais le poète a tendu ses pièges. Tandis que l'enfant trouvé s'est envolé devant la porte, la princesse russe coiffée d'une calotte d'enfant de chœur surgit pour nous sourire. Le spectre d'une princesse a sonné à la porte. Ce qu'on a entendu fut blond, pâle et terne. C'est la bouffette de cheveux enlevée au démêloir de Mélisande. Les murs sont rouges mais le poète est absent. Il m'a prêté sa maison. Tant de générosité m'effraie. L'installation n'est pas finie. Les bibliothèques sont vides. C'est une bénédiction. Absence de voracité dans le choix.

Je monte dans la chambre qui m'a été destinée. Je ne la comprends pas. Elle ne me comprend pas. Je ne parviendrai pas à la conquérir. L'ameublement est solennel. Chaque chose se rebiffe. Je ne parviendrai pas à conquérir l'apparat d'un empereur volant. Je m'assieds sur la peau de panthère. Un avocat invisible dit que cela n'arrange pas mon affaire. L'acajou m'intimide. Je touche la peau de panthère. On est cruel avec la dépouille de cette chatte sauvage dont la tête, avec le tannage, disparaît on ne sait où. Les empailleurs, des chasseurs refoulés, sont plus sensibles à la crinière du lion parce que c'est un trophée. Je préfère le bourrelet, et le remblai, de la patte de panthère sous lequel la griffe se cache. Je compte les zébrures de cette peau. Entre la miniature du roi de Rome couchée sur la table et ma main, c'est l'hostilité. Je traîne le bureau près de la fenêtre. J'ai fermé les yeux exprès. Je réserve les verdures pour le futur. Je m'allonge sur la peau. Je referme les yeux. Le Hollandais Volant vadrouille : c'est l'événement. Je l'ai revue hier. Plus de départ, plus de retour... Je l'ai revue, c'est la certitude amère. Elle prépare ses travaux, elle changera d'appartement, elle se reposera en banlieue. Je lui téléphonerai dans quinze jours. C'est la monotonie réglée des couvents. Elle est prévenante. Elle m'épargne. Elle ne critique pas mon travail. C'est la bonne volonté, c'est le néant. Elle m'a évaluée. Je la reverrai. Elle rembourre les angles. Elle ouvre les ombrelles. Sous ma main, la peau de panthère est un protège-Bible. Femelle, ouvre-toi le ventre et regarde... Femelle, tu n'es que grouillement de vers blancs quand tu lui extorques des chinoiseries. Enfile des perles, lèche tes bottines. Termine ta valse de petit chien. Lorsque sa bonne volonté tombera, tes mendicités feront monter jusqu'à ses lèvres les vomissures vertes. Plusieurs fois par an, tu l'enchaînes avec tes revendications silencieuses. Écarte-toi, aguicheuse invertébrée. Je continuerai. Elle parlera de n'importe quoi. Elle te parlera de toi car elle te sait bornée, contaminée par ton égoïsme. Je l'écouterai encore. Tu ne sais pas combien c'est suave les paroles courantes qu'elle a à me donner. Je m'allonge sur la peau de panthère. Dans ce nouveau village, dans cette nouvelle maison, je suis inattaquable. Je suis délivrée des bruits de mon immeuble. Je bourlingue platement. Je suis la bouteille à la mer. Je la reverrai. Crier le nom des journaux dans les rues, cueillir le tilleul, vendre des dentelles. Cela serait plus réel.

Je vais à la fenêtre. Elle est la crèche et l'encadrement du paysage. Une fenêtre... C'est fourni, c'est désaltérant, c'est appliqué, c'est consciencieux, c'est généreux, c'est prodigieux. Je me présente à ce paysage. L'adoption est réciproque. Le paysage somnole. Cinq heures de l'après-midi le cajolent. C'est le moment de m'approcher. J'ouvre la fenêtre. La journée glisse, la lumière enjôle, le chant de l'oiseau est une trouée de sérénité. Il n'y a pas de plus grande volupté que celle de la nature qui se laisse aller avec la journée. Salut, le ciel. Me voici ailleurs. Salut, les fanfreluches. Elle vient, la bande des pays battus en neige. Elle s'en va se rattacher au continent pour lequel je n'ai pas le courage de tourner la tête. Tant d'affabilité à capter dans l'air. Tant de calme dans l'arbre à convoiter. Le train de nuages emmène les bouffons blancs. Je me penche à la fenêtre. Les pivoines sont décoiffées. Elles ressemblent aux orchidées. Elles meurent en beauté. Je me grise avec des nuages mousseux. Bleu et blanc sont un maximum de légèreté. Me savonner, m'alléger avec de la mousse jusqu'à ce que je devienne une enjouée. J'arriverai, les ailes pousseront derrière les talons des autres parce que j'arriverai. Le chant d'un coq isolé me rappelle. Cette gloire en plumes d'Indien monte et ne redescend pas. Un coq a chanté. Une médaille a été décernée au paysage. A la gauche de ma fenêtre, j'ai la blancheur solide du stuc. J'ai le chignon décoratif de la statue. J'ai son oreille qui rime avec coquillette, j'ai sa gorge pleine de rumeurs apaisantes. Je me penche encore. L'oreille de la statue se perd dans la joue comme une source. Ô correspondance entre les cerisiers gravement allumés et l'entre-deux-lèvres de cette rêveuse aveugle. Autour de sa maison, le poète a des rivières. Je ne sais où donner de la tête.

Je sors de la maison. L'eau dormante est la plus importante. C'est le repliement, c'est la sournoiserie gratuite. C'est le tapis vert sur lequel un ange en robe de chambre peut faire ses exercices d'assouplissement. Plus loin, un petit pont se propose. Offrande naturelle à Jean-Jacques Rousseau. Sous le pont, une eau sombre et maternelle court avec ses petites ondulations. Le marronnier aux basses branches pose sa patte dessus. L'eau court. Elle a l'entrain d'un missionnaire. Des feuilles tombées macèrent. Elles ont gagné en somptuosité. Leur vétusté, leur beige rosé, leurs taches sombres et délicates évoquent un automne de conte arabe. Le pont suivant a une porte, une grille, un système de fermeture. L'eau qui tourne après le pont suivant est sombre. Le miroir songe, le poète est arrivé. Nous visitons sa forêt. Le ruissellement et la reproduction folle. Des herbes échevelées camouflent d'autres rivières. On n'entend plus du tout l'eau. Les grandes herbes la couvrent. C'est la passion et l'ambition dans la reproduction. Je me mets au diapason. Du lierre grimpe le long de mes flancs. Dans les allées vierges, une buée, une transfiguration... Entre les arbres, le poète me désigne les oasis de roses sauvages, l'arbuste aux feuilles cyclamen. Le poète se promène en pantoufles de feutre noir. Je marche derrière lui parce que mes espadrilles sont trop bruyantes pour les allées. Partout sur les arbres, le travail acharné du lierre. Sur les troncs, des veines d'ivoire, grêles. Les feuilles de lierre montent en rang. C'est l'attachement, c'est le chœur religieux, c'est l'amour d'une nouvelle feuille de lierre pour la cime d'un arbre. Dans la forme de cette feuille vernie, c'est la malice. Qu'une nouvelle danseuse apparaisse, qu'elle termine cette coquetterie biscornue... Autour du dernier pont la végétation est tragique. Les roseaux, les herbes raides avec leurs crinières marron, se frottent. Le bruissement est criminel. Quand on a traversé le dernier pont, on se jette dans une nouvelle nature. Nous revenons au potager. Le poète a choisi le moment : l'oiseau aiguise sa patte sur le chignon de la statue. Je n'aurais rien vu. Simple rétablissement de poète. Il me désigne aux œillets en bouton qui patientent jusqu'à la disparition des pivoines effeuillées... Succession des fleurs, des fruits : concert de carillons. Cette soumission et cet enchaînement me procurent une bouffée d'encouragement pour l'événement. Le bonheur du potager soigné dépasse l'imagination du jardinier.

Le sanglot raisonnable à deux temps, le désespoir à sa machine à coudre, voici le coucou... Il déprime la nature. Il m'afflige parce qu'il veut prouver qu'il a pitié. Quelquefois, il perd le rythme. Les sanglots se bousculent pour se remettre dans l'ordre. Son application d'ouvrier consciencieux et démoralisé m'attendrit. Quand le ciel est noir, il persévère. Devant la fenêtre ouverte, les masses de feuillages se rejoignent. La fidélité du coucou délabre.

Je dormais. J'entendais quand même le glissement suave de la lettre sous ma porte. Faire attendre une enveloppe fermée serait être mal élevé. Je me levais. J'ouvrais la porte de ma chambre. Cela consistait à enfoncer de la mousse de savon. Les lettres que je reçois sont mes madones. On avait illuminé l'enveloppe. On avait volé, collectionné et incrusté pour moi les feux rouges, les feux verts des passages cloutés. Ils y étaient. Je m'asseyais sur le plancher de mon entrée. Je lisais le numéro, le nom de ma rue, le nom de ma ville. J'ai touché les feux rouges qui me font des signes d'amitié lorsque je quitte après le dîner celle que je ne quitterais pas si ma ligne de chance le permettait. Les feux rouges et les feux verts sont venus jusque chez moi alors j'ai une maison. Je les palpe. Quand il pleut, les agents ont des mantilles en ratine bleue avenantes, mais je ne puis leur confier que je désire caresser les feux rouges et les feux verts. Je ne puis leur expliquer que la nuit précédente, ils ont servi de cœur humain à proximité du mien. Maintenant je compte les gros yeux d'agneaux. Ma main est un plateau de vermeil. J'ai posé l'enveloppe dessus. Je vais à ma table. Si j'ouvrais l'enveloppe, je la saccagerais. J'hésite à en avoir la migraine. J'ouvrirai. Je mets les bijoux dans mes poches. Ce n'était qu'un prospectus. L'enveloppe était meilleure. Entre les caractères d'imprimerie, ils tracent parfois votre nom et votre prénom... Ils me prient d'assister à une conférence après minuit. C'est louche. Le vent monte. Mon panneau de tulle gonfle. Il respire. Je crois en celui-là. Je me recoucherai. Je n'éteindrai pas. Le panneau de tulle et moi nous respirerons dans un autre monde. Je tourne machinalement la carte d'invitation : « Venez. Elle parlera en public. » J'attribue cette écriture au garçon de café qui m'a appris qu'elle montait dans un taxi avec des valises... Ce garçon de café a été mon plus proche parent dans l'instantané. Une heure un quart du matin. C'est déjà la nuit avancée. Ceux qui ont étudié, ceux qui se sont caressés l'ont laissée. Ils ont serré les courroies des patins. Une heure vingt. Un gardien de nuit manque de tabac. Un nouveau jour, qui n'est sensible à personne, se pousse, universel. J'allume les lampes. J'allume la radio. J'allume une cigarette. Duke Ellington est là. Savant et mesuré. J'ouvre la fenêtre. Je réveille les locataires. Ma radio a des sursauts. Tous les voisins se lèvent, tous les voisins m'engueulent. Elle parlera en public. Je l'écouterai. Je me vois assise au premier rang. Je me vois astiquant un verre, une carafe de conférencier. Duke Ellington se maintient dans une apothéose acidulée. Mes voisins détestent les déchirements. Ils crient : « Ferme ça. » J'obéis. De nouveau les lits des autres sont pleins de néant. Une heure et demie. Je prends mon sac jaune rangé avaricieusement dans un carton. Je sors. Dans mon col roulé, mon cou est un favorisé.

Les rues finissent en lueurs rêveuses. Précieuse couleur de la coquille d'œuf. Des tilleuls aux feuillages égalisés absorbent les ténèbres. Il faut une masse d'immeubles pour construire un vaisseau de nuit. Je vais à l'adresse indiquée. Pas de tai, pas d'ambulance devant le vieil hôpital. Ce n'est qu'une grave maison particulière. Je vais, les rues sont plus seules que moi. Mon manteau tombe droit. Sur le devant, mon manteau bat. J'ai la cordelière du clergé. Je longe les bords des trottoirs. C'est un divertissement. Une auto a surgi. Une auto me suit. Je ne m'inquiète pas. Je vais avec mes chaussures en plumes d'autruche. Je me retire en moi-même. Je n'ai pas peur. L'auto continue de me suivre. Elle avance à côté de moi. Des agents prennent des putains dans les impasses. L'auto me précède. Elle tourne. Elle revient avec ses phares allumés. Elle m'aveugle. C'est la révélation de ma frousse. Nous nous arrêtons ensemble. Nous avons fini de tricher. Deux hommes l'un à côté de l'autre dans une auto. La portière s'ouvre. C'est l'imperméable, c'est le chapeau en arrière, c'est le front gris, c'est le classique bout de cigarette, c'est la chaux sur le soulier, c'est le médaillon sur le gilet, c'est le col souple souillé, c'est la barbe rasée, le visage soigné chez le coiffeur à six heures du soir. C'est la mollesse et les ambitions. Vingt ans sans fleurs ni couronnes lorsque vingt ans tomberont sur le macadam de la rue Pigalle. Il me demande l'adresse d'un hôtel. J'entre avec le voyou dans la comédie. Les phares sont éteints. Quand ils ont fini de jouir dans les impasses, les agents ne paient pas les putains. Le conducteur ne lâche pas le volant. Il pose dans l'ombre. Je ne connaîtrai pas son visage. Nous parlons. Ils disent qu'ils arrivent de Lyon. Ils exigent l'adresse d'un hôtel. Je la donne. C'est insuffisant. Ils veulent que je les emmène là. Le mégot a grésillé dans le ruisseau. Nous restons sur nos positions, nous végétons. Il me redemande l'adresse d'un hôtel. Je répète la même adresse. Les bras sur le volant, le conducteur pose pour un opérateur imaginaire. On obtiendrait une photographie découragée. C'est ténébreux. C'est pervers. C'est Popeye avec son épi de maïs. Ils la redemandent ensemble. Je la répète. Ce sont des bandits patients. La comédie n'est qu'un couloir. Nous l'avons traversée. Le faubourg a des enseignes qui lui survivent. Sur le mur, un vieux buveur de calvados émerveillé trinque avec son émerveillement. Le bandit est enfin un tambour-major. Il me dit : « Monte... et vite. » Il me pousse jusqu'à la voiture. La dureté ce sera de la félicité. Les bandelettes, les cassolettes, c'est de la merde. Cette force mauvaise pourrait me dégager. Pour moi, ce sera encore la faiblesse. Chacun est à sa place. Je me trahis. Je fais avorter l'affaire. J'ouvre mon sac. Je cherche. J'ai raté un voyage et un univers. Passer à tabac. Lutter. Expérimenter. Tu n'es qu'une rogneuse de destin. Je n'ai presque pas d'argent dans mon sac. Je le présente. Il répond : « Ça ne me déplaît pas... » Dans les impasses, quand les agents ont fini de dire au revoir aux putains, ils tournent leur ceinturon pour replacer leur bâton blanc. Vous vous êtes payés. Ouvrez votre médaillon. Je verrai qui vous plaît. Les lèvres du voyou sont tentées les premières par du nouvel argent. Elles tremblent. Il a quatre ans, le voleur. Je sors les verroteries sur le plat de ma main, je leur montre. Je suis le traître des choses. Il fait sauter ma main. Son chapeau mis en arrière ne se renverse pas. Ils tombent, mes consolateurs rouges et verts. Les bandits sont loin. Je ne ramasse pas ce que j'ai trahi. Ils riaient au-dessus du volant de leur automobile.

J'ai trouvé l'adresse indiquée sur le prospectus. C'est un hôtel particulier. C'est un tendre incendie, les fenêtres éclairées d'une maison en fête... Ces fenêtres modulent comme des rossignols ardents. Des chauffeurs jouent à la banque sur le marchepied de leur voiture. Ils gagnent ou perdent en se taisant. Le style est une habitude. D'autres chauffeurs échangent des photographies obscènes. Je suis contre leur épaule parce que je désire un renseignement. Leurs albums m'étonnent. Il est deux heures du matin, je n'imaginais pas ce genre de documentation. Ils m'encerclent pour que je rie et que j'apprécie avec eux. Je ne peux pas leur démontrer que ces obscénités voulues, étudiées, mises en scène devant un photographe patient sont naïves. C'est le rictus studieux du vice si le vice existe. Ils me bousculent pour que je rie avec eux. Il est passé, minuit. J'ai les apparences contre moi. Le plus âgé sort du parc avec des coupes de champagne entre ses doigts. Ils boivent puis ils me tendent la coupe. Je n'ai pas le choix. Je veux entrer dans cette maison et les chauffeurs sont devant. Si je ne buvais pas, ils me rejetteraient comme une chienne à principes. Leur haleine, c'est la mienne. C'est leur suffisance qui est puante. Leur uniforme est strict mais eux ils sont inauthentiques. Dès qu'ils sont libres, ils jouent au patron. Ils se gonflent. La richesse des autres est leur seconde nature. Leur vanité me ruine. Ils glissent entre mes mains, les chauffeurs des grandes maisons. Ils parlent. Ils évaluent la beauté des malheureux qui ont posé. Ils brandissent la photographie la plus compliquée. Ils me poussent vers elle. Maintenant je suis entraînée. Ces positions extravagantes sont devenues positions naturelles. Ce n'est qu'une preuve de la souplesse humaine. Ils me croient blasée. Ils me respectent. Cette conquête vaut ce que valent les conquêtes. Je les laisse et vais du côté de la richesse pailletée. Les flonflons ne demandent que ça : venir à moi. Mais le perron hautain est un obstacle. Je m'accorde un répit. Je fouille dans mon sac. C'est la bonne adresse. Ce n'est pas un endroit où l'on parle sérieusement en public. Quelqu'un m'a trompée. Elle n'est pas dans cette maison. Je lève les revers de mon manteau. Je partirai avec des ailes qui me tiendront chaud.

Le marteau du commissaire-priseur m'a poussée en avant. Il faudra monter, une à une, les marches du perron. C'est une corvée. Je suis une vraie pauvre. Je sais piétiner. Je ne sais pas monter. J'ai besoin des échoppes en terre battue, des cabinets plantés dans les jardins, des baraques, de la guérite des sentinelles. J'ai besoin du plain-pied. Je ne sais pas comment j'ai vécu mais j'ai vécu. J'ai besoin d'empoigner. Les beaux objets, les belles maisons exigeraient de moi une ascension. J'ai vécu. Je suis pressée. Après chaque marche du perron gravie, je me raidis dans l'insignifiance. Je ne veux pas monter. Je veux pénétrer une maison parce que j'ai une fringale de chaleur humaine. Après la montée du perron, la porte fermée est moins dure que les autres jours. On peut se jeter sur elle. Elle riposte en résistant. On ne peut que s'écrouler, mendier, attendre sur les marches d'un escalier. Le marteau du commissaire-priseur frappe sur ma nuque. Je tourne la poignée. Je suis intimidée. Elle fond. C'est du sel. L'entrée de cette maison est une fraction de musée avec son souffle de beauté. Les statues sont arrosées de lumière. Elles produisent leur effet. Refrain de clarté sur une épaule, sur une cheville, à l'intérieur d'une cuisse. C'est le tendre ébahissement artistique. Le carrelage noir et blanc est trop solennel. L'agenouillement, le redressement ne seraient que des attitudes dans un lieu où triomphe le marbre. Je ne sais où me ranger. L'ordre des musées me rejette. J'insiste. Je contemple. Alors les marbres commencent avec moi leur travail de durcissement. Je commençais à les comprendre, maintenant je pèse le poids des statues. Il est probable que les valets de pied se relâchent et se déchaussent quelque part. Le marteau du commissaire-priseur frappe sur mon genou. Je ne me mettrai pas à l'abri derrière les marbres. J'ai ouvert, j'ai fermé une nouvelle porte. Je n'ai pas bonne mine et me voici débarquant dans les cuisines qui ont des bruits d'usine. Ce sont les odeurs, les fritures, les détonations des volailles au four qui m'ont happée. Le personnel des cuisines a la tête plongée dans les bassines. Je ne sais encore où me ranger. Le marteau du commissaire-priseur frappe sur mon épaule. Je m'élance. Je me mélangerai à eux. Je travaillerai avec eux. Le cordon-bleu est bouffi. Il a trop chaud. Il partagera sa chaleur et son labeur avec moi. Je me penche sur sa joue droite, je me penche sur sa joue gauche. Je me penche sur la sauce blanche. Elle épaissit, c'est la pureté de mon intention. Puis-je faire cette chose avec vous? La cuisinière ne répond pas. Elle tourne et détourne la cuillère en bois. Je pose ma main sur la sienne. Je crois que je travaille avec elle. Mais elle a quitté la terre. Elle s'applique. C'est une princesse lointaine. J'allonge ma main sur la sienne. Je veux de la chaleur, je ne suis qu'un gâte-sauce. J'ai faim. Écoute ma complainte. Soulève ton récipient. Jette-le plus loin sur le fourneau. Écoute. Le cœur bat fort lorsqu'on a faim. Si ton travail est raté, je t'aiderai. Nous recommencerons. Ce sont tes yeux injectés de sang qui m'ont donné confiance. Vieille femme, dis la phrase : « Viens ici que je t'embrasse... »

Un baiser sur le front ce n'est pas long. C'est l'endroit possible de mon visage... Tu es ronde partout. Dis-la. Elle guette le liquide qui ne doit pas bouillir. Si je pouvais me refléter dedans avec ma demande, elle me verrait, elle m'entendrait. Je ne puis entraver ce labeur et cette application. Cette personne est un grave instrument. J'ai retiré ma main. Le marteau du commissaire-priseur frappe sur mon sein. Je retombe en enfance. Je dénoue les cordons de son tablier. Elle ne baisse pas la tête pour regarder ce qui a glissé d'elle. Dans sa nuque, ses cheveux sont mouillés. La place est bonne mais je dois me retirer. Je ramasse le tablier. Je lui remets. Il est inique de la distraire de son travail. Le marteau du commissaire-priseur frappe sur mon genou. Je me mets au coin. Les maîtres d'hôtel entrent, sortent. Les fumées vont dans tous les sens. Les volailles rissolées pétaradent. Il y a des volières dans les fritures. Le caramel roux coule sur les gâteaux. Les grains de café entrent dans le moulin de porcelaine fixé au mur. Je suis le parasite pendant qu'ils se dévouent à la fine nourriture de leurs maîtres. Je suis pour eux mais ils ne m'accueillent pas. Je suis parmi eux mais je suis la méconnue. Le marteau du commissaire-priseur frappe sur mon coude. Je vais à l'homme qui choisit les vins. Je m'arrête en chemin. Le marmiton est assis. Il se penche en vieillard qui épluche les légumes entre ses jambes. Il transforme les pommes de terre en pommes paille. Je lui renverse la tête. J'aurai eu sa tignasse. Il effile les tubercules. J'enlace ses mollets. J'aurai eu le grain de son pantalon de toile. Il siffle « Ticotico » sans me narguer. Le marteau du commissaire-priseur frappe sur ma tempe. Je suis auprès du sommelier. C'est un doux mot couché dans l'ouate des fruits d'hiver. Je me penche sur la bouteille avec lui. Je tire avec lui. Je me renverse avec lui. Le bouchon part, le bruit est rond, le goulot a été délivré. La placidité du sommelier est envoûtante. La profondeur des caves est en lui. J'accouche d'une vieille phrase. Je lui dis que nous sommes des frères. C'est le service de la maison qui est impeccable. Les bouchons ne servent pas deux fois. Le sommelier a les oreilles bouchées. Il a couché les bouteilles dans les berceaux en jonc. Il en a flairé plusieurs. Leur bouquet ne semblait pas celui qu'il désirait pour elles. Il a quitté les lieux avec les berceaux dans ses bras. La cuisine roulante du régiment est plus humaine.

Le marteau du commissaire-priseur a frappé sur ma tête. Je leur avais volé une pelure d'oignon. Je la caressais. Le marteau a insisté. J'ai suivi un maître d'hôtel. Je me suis mise derrière son importance. Je suivais machinalement. Les valets de pied lui ont ouvert la porte. J'étais dans la réception. Des verreries, des cristaux, des fourchettes d'argent, des rires qui se terminent en pointe de stylet, des roulements de perles, des affectations dans les timbres des voix, des artifices, des déformations, des crescendos disciplinés, des chœurs qui ne monteront pas, des enchevêtrements de voix pâmées, des canevas, des silences non grossiers, des reprises, des points d'orgue excitants, du velouté, des guirlandes, des arabesques... Un festival de bonne éducation. J'ai revu les bouteilles de vin du sommelier sur la table mais en moi c'était brisé. Le marteau du commissaire-priseur a frappé son gros coup. Je n'ai pas vu les visages laqués. Ma timidité m'a servie. Elle me pousse dans un laminoir. Dès que je rougis, le laminage se fait instantanément. Je me suis couchée sous leur table. J'espérais la chaleur de leurs pieds. Cela a bien commencé. J'en ai pris un : du chevreau rose. Il faut de grandes délicatesses lorsqu'on fornique. Le cou-de-pied me tentait mais je n'ai pas abusé. J'avais enfermé entre mes mains la pointe du soulier. J'ai approché ma joue très près. Cette dame a murmuré à son voisin qu'elle se sentait mieux. J'ai lâché le pied. Ils se sont levés. Ils partaient danser. Les pékinois ont pris la place des pieds. J'ai ouvert en deux leur gueule pour qu'ils rentrent leur langue qui me ressemble lorsque j'étale mes malheurs. Ils l'ont ressortie. C'est également ce que je fais. Je plaisais aux pékinois. Ils me léchaient. Je me taisais, j'endurais. Leur gueule sentait mauvais malgré leur corps parfumé. Je fermais les yeux, ils me dégoûtaient. Alors ils léchaient mes paupières. Je pensais que je les tordais comme des torchons mouillés. Cela me permettait de patienter sous la table. Les miettes n'arrivaient pas souvent. Je désirais connaître les cuisinières par l'intermédiaire des miettes. Coûte que coûte, je voulais me rapprocher des besogneux. J'ai pris un autre pied dans ma main. C'était un pied froid, plat, suffisant. Les pékinois soulevaient mes jupes avec leur gueule baveuse. Je les pinçais mais c'était malaisé. Les miettes arrivèrent parce qu'il y a des gâteaux qui se réduisent forcément en miettes. Les pékinois aboyèrent. Ils mordaient mes poignets. Ils avalaient les restes avant moi. Une femme cria : « Des chiens entre mes jambes... » Un valet se pencha sous la table et les empocha. Je perdais mon sang. Je souillais leurs pieds. J'avais obtenu une délivrance par moi-même mais je craignais de salir leur cou-de-pied. Mon sang affluait. Il les mouillait. Les invités se tortillaient. Mon sang était courageux. Il allait sans se soucier. Une jeune fille s'affola. La main du maître d'hôtel inspecta le dessous de la table. Je me levai et j'apparus. Le marteau du commissaire-priseur frappa sur mes lèvres. Son coup était faible. « Expliquez-vous », dit la maîtresse de maison. J'ouvrais et refermais la bouche. J'étais une carpe stupide. Mon sang, interloqué par tant de froideur, s'était coagulé. « Quelqu'un vous a-t-il blessée? » J'ouvrais et fermais la bouche. C'était le langage des trappes des hauts fourneaux, des paupières. « Si vous n'avez rien à nous dire, nous vous ferons panser... » Le maître d'hôtel se pencha sur la maîtresse de maison. Il chuchotait. Je partis dans les cuisines. Le cordon-bleu se reposait. Il rongeait un petit os que j'envoyai se promener. J'embrassai ses yeux, ses lèvres, ses fossettes, ses tempes, la veine du cou. Je ne savais pas si elle avait ri ou juré. Quand j'ai refermé la porte, j'ai entendu le mot « salope ». J'avais taché son tablier. Mon sang s'était remis à dégoutter.

Les chauffeurs me posèrent des questions. Ils connaissaient tous les noms, toutes les intrigues, toutes les liaisons des invités. Ils me décrivaient des toilettes, des visages, des colliers. Je leur disais « oui, oui, oui ». Je désirais un bandage car le bandage met à l'abri le poignet, le genou, la cheville. Cette sécurité du membre serré monte à la tête. Dérouler, toucher la bande Velpeau est un secours pour le soigneur. Dans leur voiture, les chauffeurs des grandes maisons ont des trousses d'infirmier. Je m'en allai avec des poignets écorchés mais heureux. J'avais payé leur service largement puisque j'avais revu avec eux la série complète de leurs photographies obscènes. J'affectionnais tristement les modèles qui avaient posé, leur gymnastique, leurs efforts pour paraître naturels. Dans le métro, les premiers travailleurs bâillaient, ils ne pouvaient pas se défaire de leur nuit. Les affiches publicitaires, les coloris tapageurs en ce matin minable... Le compartiment sentait la poussière humide. J'ai touché mes bandages. Le plissé de la bande Velpeau est un supplément tendre. Ma joue l'a eu. Aux stations, le train n'avait personne à prendre. Mon réduit m'attendait. J'ai rangé le miroir et les fards. Sur le molleton, la tache du rouge sec était déjà un souvenir. J'ai moulu du café pour avoir de la réalité.

Je peux compter les tombes, les cheminées, les couples, les fortunes, les trousseaux sur les cordes, les passions, les ombres d'un village. Je suis une rapace. Ce qui n'est pas calculable m'abat. Autour du village, je sais qu'il y a les bois et les branches, les feuilles, les insectes incalculables. Je le sais mais cela n'entame pas mon calfeutrage. La nature ne se rapproche pas de moi. Elle ne me tend pas des pièges. Je peux subir cette ordonnance jamais dérangée. Le paysage me donne ce que je lui prends. Dans les champs où les blés ont été coupés, où les faux n'ont pas été oubliées, il n'y a plus trace d'homme. La terre a conservé des défenses. C'est la saison du chaume. La terre qui a été généreuse est hérissée. Je me promène à travers le chaume. C'est l'opulence sèche. Je suis seule pendant des kilomètres, sur des piquants qui plient pour mieux se rebiffer. Ma sécurité peut être illustrée par le chiffre huit. Elle est fermée, bouclée. Je marche au grand air. Une cabane habite en moi. Quand j'admire la préciosité de l'acacia de minuit, quand je louange cet arbre dont le feuillage en fête transplante partout l'atmosphère de Monte-Carlo, la cime ne frémit pas davantage mais les feuilles – filles soumises à la brise – sont sensibles aux agaceries. Elles se prêtent à tout. Mon bras nu n'a rien senti. Il est reconstituant d'admirer ce qui ne se laisse pas émouvoir. Je sais que, la nuit, je peux sortir de mon lit, retrouver l'arbre, l'enlacer, avoir ma joue griffée par son écorce. Je peux le faire jusqu'à ma mort. L'arbre ne me répudiera pas. J'ai confiance en son indifférence.

Les étalages innombrables d'une capitale me démoralisent. Devant les plus luxueux, je ravale mes tentations. Je tourne le dos aux choses de prix mais elles sont des requins qui me déchirent. Devant les plus modestes et les plus surchargés, je compte les objets rebutants sur mes doigts. Leur prostitution inutile dans la vitrine me désole. Un camion dont le moteur, le tonnage et la virilité sont issus de l'industrie majestueuse, a passé. Laissons la place à ce cortège de chevaux aggloméré̀s. Il y a eu une suspension d'atmosphère. Notre monde dans une rue fut écrasé. La vitre de la mercerie-papeterie a tremblé. Pendant que le camion filait avec ses ailes d'acier déployées, les bataillons de boutons de nacre, les flacons factices, les amants qui émergent du fer à cheval de la carte postale, les chiures des mouches, les cartons piqués par les broches étaient à l'hospice affreux des choses. Le moteur, le ronron de fauve métallique, les babioles s'enlisaient. Entre les camions et les étalages, c'est un rapport de tyran à esclave. En quittant l'étalage de la mercerie-papeterie, ma lèvre dansait de tendresse pour la série de barrettes en fausse écaille.

Mon jour se lève. J'ai de l'envergure. Je présente les billets de mille francs à la mercière. Je suis le pirate et l'accoucheur de la mort des choses. Payer d'abord. J'étale un drap de lit sur le comptoir. Je repousse sa main. J'ai payé. Laissez-moi le faire. Je rafle le contenu de la vitrine. Il supplie qu'on le soulage, qu'on l'enlève. C'est visible à l'œil nu, la prière des choses.

J'emmène les araignées, leurs toiles, les chiures. Les objets sont les uns sur les autres. J'ai formé un tas. Dans les rues, les tas de matériaux m'exaltent. Ils sont des repaires de fraternité. Je noue le drap. Je soulève le paquet. Les flacons, les bijoux faux se rapprochent. C'est le bruit éperdu du dernier rassemblement. Je m'en vais avec des humiliés emmêlés. Il y a des égouts partout mais je vais loin dans la ville. C'est un crime particulier. Ils diraient que je n'ai pas le droit de supprimer des objets qui croupissaient. Je ferai ma petite affaire à l'écart. Je n'ai pas le courage de me suicider. Je n'ai pas celui de tuer. J'ai le pouvoir infiniment petit d'acquérir des choses désolées, de les anéantir dans la boue des égouts. C'est ma preuve d'amour : je ne serai pas poursuivie pour infanticide. La générosité de la bouche d'égout est illimitée. Je porte le ballot contre mon sein gauche. J'ai cette propreté royale des blanchisseuses qui reviennent des lavoirs. J'ai choisi mon égout. Je suis même revenue sur mes pas. Je dénoue le drap lentement. Je le fignole, mon petit crime. Je retrouve mes habitudes. Je caresse chaque chose pour m'introduire dans le cœur de chaque chose, j'aboutis. Les flacons factices s'en iront les premiers puisqu'ils ont été les plus humiliés. Je les cajole, je les flatte. Ils donnent à ma main une fraîcheur d'églantier. Ma peau et la verrerie tiédissent. C'est l'union d'un être et d'une chose. C'est le mélange ineffable du petit assassin et de la babiole qui va être assassinée. J'abreuve la bouche de l'égout suivant mes capacités. Je suis la chose vivante et laide qui peut se soulever de terre. Je suis le destructeur et le libérateur. Je retrousse ma manche. Pour que cela fasse moins de bruit, j'introduis mon bras dans la bouche d'égout. L'acte se fait trente fois. Se supprimer trente fois... J'ai un vertige d'absurdité. Ma tête de gargouille est face à l'égout, j'ai dans le sang la lave d'un hercule en rut. Quand le premier objet échoue dans la vase, j'entends cette secousse qui est la dernière note des fosses communes. Je l'entends trente fois. Il est quatre heures de l'après-midi. J'ai attendu jusque-là parce que quatre heures de l'après-midi, en été, est un univers modelable. J'ai jeté des choses innocentes. J'ai les yeux voilés mais il y a changement. A quatre heures de l'après-midi, tandis que je rentre chez moi, je ne vois plus mes larmes glisser sur les stores en tissu de bagnard des boutiques. Je ne suis plus ce torrent de lâcheté qui dit aux rues extasiées de chaleur : « Mon Dieu, faites quelque chose pour moi... » Alors que ce torrent ne sait pas qui est le responsable, où est le responsable... Mon jour s'est levé. J'ai délivré l'étalage de la mercerie-papeterie.

Le poète de génie de notre époque m'emmena visiter une mansarde qui lui appartenait entre autres propriétés. Il l'avait garnie et me demanda mon avis. J'ai répondu que je la trouvais trop rose. Il fit gicler son intelligence et me démontra que le rose est une couleur merveilleusement réaliste. Quand il eut fini de me convaincre, il se fâcha et s'en alla. Mon dédain du coloris rose le blessait. Après son départ, j'ai souffert, j'ai réfléchi. L'orgueilleux est un homme couvert de plaies. Il est une grotte dans laquelle le sang suinte sans discontinuer. Je m'étais lancée sur cet homme avec de la franchise et des épines dans les mains. Je croyais que l'amitié le permettait. Il est parti. J'ai les mains rouges. Le diable est le diable. Il ne tolère ni l'innocence ni la sottise. Devant cet homme immensément capable je deviens une immensément bornée. Quand je le revois, il m'accorde un bonjour mais c'est moi qui fus la plus cruelle. Je suis coupable d'avoir réfléchi trop tard à la condition sanglante de l'orgueilleux. Je ne le reverrai pas. Je ne pourrai pas récupérer les épines que j'ai enfoncées. Elles me manquent. Je préférais conserver la couronne au complet dans mon réduit. Il ne me sera pas accordé de découvrir et de respecter chez lui de nouvelles plaies. On dit que c'est un homme fort. C'est un homme qui se bat avec des mains à vive chair. Les expériences humaines les ont dépiautées. Elles frappent mais elles saignent. Cet homme est dur parce qu'il a vécu.

Ma peine a chevauché d'autres peines. Pendant que je leur demande pardon, la cavalerie lourde débouche, me piétine et me couvre de poussière. Ils tombent les uns après les autres, les rapports humains, mais j'ai une statue de la liberté : celle qui a déclenché l'événement, celle dont l'intégrité sentimentale ne faiblit pas.

Il va pleuvoir. Midi est dans l'ombre. Le merle siffle, le rossignol chante. Ces oiseaux-là déblaient, ils tracent le chemin à la nouvelle clarté qui viendra.

Je suis seule dans la maison du poète de Milly. Je m'accroche aux angélus, aux rires de la cour de l'école pendant les repas. La nuit, la maison est une île protégée par des paravents de velours. Les cultivateurs de la région arrosent les plantes médicinales, avec un tuyau actionné par un moteur. Un bruit de guerre se répand dans les champs de menthe, de boldo.

Les étalages du bourg me rafraîchissent. Ils sont clairsemés. Ils sont eau de jouvence pour mes yeux. Ils me dégagent. Je détaille les œillets, les clous des galoches, l'entrelacement de la ficelle des espadrilles, les coins cassés des petits chaussons, la palette des rouges à joues et à ongles, l'heure fixe des montres, l'assortiment des chaînettes et des maillons du bijoutier. Je suis la mante religieuse des étalages de Milly.

Son départ fut lent et différé à cause du mauvais temps, à cause des accidents d'avion. Son retour l'aura été pour moi. C'est un événement dans l'événement. Après l'avoir revue une troisième fois, j'ai su qu'elle était vraiment rentrée dans ma ville. Je montais pour téléphoner au premier étage de son café. Elle y était. Présence imprévisible et impondérable Enfin son retour était accompli. Elle lisait. Son application rayonnait par-delà les fenêtres ouvertes. Il a fallu fendre la vapeur bleue de ses efforts. Il a fallu s'approcher du son uni des orgues. Je me suis assise sur le bord de la banquette. Je violais son travail car rien n'a changé. Le fond de ma poche ne m'aidait pas. Elle avait un collier en verre de sauvage. Elle a conquis ce bijou hérissé. Son cou est dans les fils barbelés mais son visage s'envole à tire-d'aile. Elle rajeunit. Elle embellit. Cet embellissement me donne l'illusion de lui procurer ce que je ne pourrai jamais lui offrir. Elle parlait de mon travail. Elle ne parlait que de cela, je me laissais glisser sur la pente beurrée de mon égoïsme. Quand elle m'écoute, quand elle acquiesce, elle penche un peu la tête. Dans ce mouvement est inclus le roucoulement de sa bonne volonté. Ce jour-là, je crois que je l'ai dévorée comme un petit pain rond de 1938. J'oubliais pourquoi j'étais montée. Nombreuses échappées d'essaims lorsque je l'ai quittée. Ma tête bruissait mais je la baissais sinon je serais revenue auprès d'elle. J'ai descendu la dernière marche. J'ai respiré. C'est difficile d'abréger volontairement sa présence. La volonté me précédait. Si j'avais déchiré une maille du filet contre lequel j'avançais, je serais revenue sur mes pas. Cet événement est un miracle dont je suis seule à profiter. Que faire pour elle? Me soumettre. Imiter son coupe-papier lorsqu'il attend, allongé à côté de son livre.

Quand je lui téléphone, elle continue de m'intimider. Elle déclare l'heure de notre rencontre et l'heure se noie. Je n'ose pas redemander. Le jour de la rencontre, l'heure est devenue un mythe.

Je l'attends au premier étage du café où elle lit. La chaleur est torride. Des jeunes filles sont debout dans la salle. Elles sont venues là, croyant parler plus fraîchement d'une réception. Je suis la cliente assise du premier étage mais je suis invisible. Elles ont regardé de mon côté. Elles m'ont métamòrphosée. Je suis la vieille statue fêlée qui garde la niche. Je suis hors de la chaleur, hors du café, hors des voix qui font résonner la vie, la jeunesse, le naturel. Je suis dans l'attente, le monde ne lèche même pas le bout de mes pieds. Je suis dans le creux de l'attente. Je suis la mouche qui resserre les pattes sur le morceau de sucre. La sueur coule sur mon visage. Je la néglige. Les jeunes filles sont assises, elles ne consomment pas. Leurs paroles sortent à la chaîne. Je les engloutis sans les comprendre. Les aiguilles de l'horloge forment un angle veule quand elles étendent leur royaume sur huit heures quinze minutes. L'autocar tombe sur une plage. Il écrase des baigneurs. Le train s'enfonce dans une mine et se salit. Le taxi renverse les malades qui se promenaient dans la cour de l'hôpital. Quittez-moi, surenchères... Si elle ne vient pas, j'irai l'attendre dans l'entrée de son immeuble. Je l'attendrai une partie de la nuit. J'aurai ce courage. La table sur laquelle on ne m'a pas servi à boire est légère. Je la soulèverai d'une main. Le monde reviendra. Je me vois. J'ai mes mains jointes entre mes cuisses, je ressemble presque à une chrétienne en prière qui reprend des forces. Il est huit heures quinze. Le train, le taxi, le car ont fait leur devoir de catastrophe. Je commencerai? J'irai hurler devant sa porte, mais je suis lâche : je dirai à la gérante que je ne sais pas ce que j'ai... Les jeunes filles détendent leur buste et leurs jambes puis l'une d'entre elles se poudre. Elle se sert ensuite de son doigt. Elle enlève ce qu'elle a mis. Une autre secoue ses cheveux raides, une autre pose pour le plafond avec des pieds de soldat mort. J'attends. Je ne les atteindrai pas. Je ne veux plus les voir. J'entends le roulis des portes de l'ascenseur d'un hôpital. Je me secoue, je me redresse. Je voudrais un trophée sur ma tête. La sueur ne s'écoule plus, alors mon visage a sa couverture de sueur. Il sera bientôt huit heures seize. Je suis le sujet épouvanté d'une horloge qui est une bonne ouvrière. Les jeunes filles parlent. Je jette de la poudre insecticide sur leurs mots. Alors les bouches des jeunes filles sont les ouvertures et les fermetures mystérieuses des carpes. Il est huit heures seize. Sur les routes, l'attirail des cantonniers est resté.

Elle ne viendra pas. Mon angoisse est placée. Je me récupère. La nature se pousse. Une odeur de foin est arrivée dans le café. C'est la saison des herbes couchées. Pars. Embauche-toi dès demain. Courbe-toi. Redresse-toi. Soulève, jette, transpire, expire, croule, roule. Enferme-toi dans la meule. Meurs dans cette odeur puissante. Meurs dans ce qui permet l'accouplement et le sommeil. J'ai confiance. Les jeunes filles se lèvent. J'ai confiance et la voici. Les jeunes filles s'en vont.

Elle a couru pour moi, j'ai attendu à rompre ma vie mais son essoufflement ne m'est pas dû. Elle a couru pour la vieille statue. Elle me parle. Je n'ai plus le temps de m'accuser. Nous quittons le café. Elle est belle. Je marche derrière elle. Je présente ma création aux passants. Nous ne trouvons pas de taxi. Nous montons dans un autobus. Je découvre les autobus. Quand je suis à côté d'elle, tout se recrée pour moi. Clients de l'autobus, admirez-la. Je ferai ce que vous voudrez mais admirez-la. Je paierai cher mais je veux entendre des cantiques, des *negro spirituals*. Elle m'invite à dîner. Ne me donnez rien, Madame... J'ai renoncé. Je n'ose pas le dire. Elle est heureuse. Je le devine et je rutile. Son bonheur, c'est mon glaïeul. Elle parle de ses voyages, des Blancs qui vont chercher ce qui leur manque chez les Noirs de Harlem. J'ai la fraîcheur, la sagesse du tussor de sa robe. J'ai son bras à proximité du mien. J'ai sa main à proximité de mon couteau. Je suis au musée et je n'ai pas le froid des salles de musée dans le dos. Je devine qu'elle est heureuse. Je danse une danse de derviche tourneur qui signifie qu'elle est heureuse.

Dans ce buffet de gare, les grosses larmes du lustre pendent. Sous le lustre, un colonel se réconforte avant de partir. Devant ce restaurant désuet dans lequel nous dînons, le train est en gare. Il est plein de soldats. La guerre est déclarée mais les combats ne sont pas commencés. Les hommes sont dans les uniformes. On a distribué les capotes en drap. Chacun la porte mais chacun s'est noyé dedans. Chacun a perdu ses poignets dans les manches trop longues. Chacun lève déjà son bras mais c'est pour revoir son poignet. C'est misérable un vêtement qui ne colle pas à la peau quand on va faire la guerre. La peau a besoin d'appui. Les dernières habitudes sont en gare. Les nouvelles habitudes sont en route. Le gosier est serré. Les anciennes habitudes ne se rendent pas. Le soldat en gare est tiraillé. Il subit l'inégalité du dédoublement. Le drap de soldat est rude. Le civil lutte faiblement dedans. Ce drap engonce comme tout ce qui sort de l'Assistance publique. Les musettes pendent aux poignées extérieures des portières. Elles sont rondes. Elles ont bonne mine. Les femmes sont venues. Elles ont renversé les barrières. Quand elles disent adieu aux soldats, elles doivent faire des pointes sur le marchepied du train. Les poitrines gonflent, les agrafes tombent des corsages. Les fentes béantes bouleversent les soldats qui attendent. Et ce bouleversement remonte jusqu'à l'allaitement. Celui-là attire sa compagne par la crinière, il l'embrasse jusqu'au fond de la bouche. La poitrine de la femme est écrasée mais la femme a évité la musette. C'est une chose en coutil qui préserve le monde civil du nouveau soldat. La courroie de la musette lui pressera l'épaule et fera dans sa chair une marque d'amitié. A la brume, ce paquet sortira de la côte de tous les soldats du régiment. D'autres couples se serrent mais il n'y a plus de liens. Une boule d'angoisse empêche tout. Il faut jouer quand même à l'étreinte et à l'extase dans ce nuage de vapeur qui monte des rails. C'est le sursis. Le train va partir avec la guerre. La mort est dans l'adieu mais les femmes ne la soupçonnent pas encore sur les champs de bataille. Les héros sont encore des innocents. Quand ils s'arrachent les uns des autres, la gare et la verrière s'agrandissent. Ils se sourient, c'est fané. Elles ouvrent, elles referment vite leur sac à main. Elles ont repéré leur mouchoir avant le départ du train. Les célibataires se morfondent dans leur coin. Ils n'ont pas bougé du compartiment. Ils sont arrivés les premiers. Ils n'ont pas de souvenirs à ramasser. Ils fixent une vue des Basses-Pyrénées clouée au dossier du compartiment mais ils flottent. Sous l'uniforme, leur solitude s'est élargie. Le lustre fleurit au-dessus du crâne chauve du colonel. Sur la peau rose, des reflets de mica. Un peu de gaieté s'est posée là. Il mange seul et il mange bien. Ses bottes et la banquette font des petits cris d'oiseau mais il n'entend rien. Il attaquera bientôt le poulet amené sur un chariot. La volaille est dissimulée dans une couveuse d'argent. Le maître d'hôtel suit ses aides. C'est une cadence d'enterrement. Le colonel utilise le cure-dent, entre les plats. Pendant qu'il gratte, il a l'air de résoudre vaguement un problème d'algèbre. Il prend d'autres cure-dents. Il les fait disparaître. Si quelqu'un lui disait qu'il commet un vol, il se congestionnerait, mais nous ne le lui dirons pas car il est, avec les autres, la proie d'une congestion du monde... Le personnel célèbre un office autour du poulet-cocotte. Le colonel attend et vieillit. Ses yeux sont glaireux. Le mécanicien est droit dans sa locomotive. Titan de gravité devant l'horizon bouché. Le four est plein. Le chauffeur est prêt. Il a le mouchoir noir du danseur serré à la tête. Le mécanicien ne touche pas la mécanique mais les manettes astiquées lui font des avances. Le mécanicien a beau être sombre, il est pur, dans le cambouis, dans la suie. Le chauffeur silencieux lui allume ses cigarettes. Le colonel est irresponsable : il amène partout un confort de salle à manger et, en plus, l'appétit studieux du lapin. Les pattes sectionnées du poulet sont en l'air. On distingue les osselets. Le chef de gare est affecté avec sa montre-bracelet puis archaïque avec l'horloge de la gare. Il sifflera l'horizon, il inscrira le départ du train sur son registre. Tous l'envient. Il se promène, il compte les minutes, il est hors du temps. Il surveille les secondes. Il vit dans les départs mais il ne les aborde pas. Entre le train et le mur, il est coincé, il fait les cent pas et c'est lui le plus dégagé. Des hiboux volent autour de sa casquette. Avec leur fine pelisse de suie, la locomotive et son tender sont un monument de soumission. La roue qui ne tourne pas est un soleil noir. Au fond des compartiments, les célibataires mangent déjà les friandises des gares. Dans le restaurant, le colonel a posé son verre et sa serviette. Il a manqué l'acte de boire et celui de s'essuyer les lèvres. Il se dresse. Il se salue lui-même. Il traverse le restaurant. Ses bottes jaunes sont trop jeunes pour lui. Les femmes ont un pressentiment. Elles disent « Jean », elles disent « Paul » à des saint Jean, à des saint Paul. Quand les larmes se préparent, les paupières ont des hésitations. Le soldat qui a peur écrit une adresse sur un journal qu'il tend. Le chef de gare a mis son sifflet à la bouche. Un sexe de petit garçon naît de ses lèvres. Il regarde trop de personnes à la fois. Il a un visage hagard. Le couple donne ses forces en se serrant mais il n'a plus de raisons d'être. Une femme a de la poigne : un calot tombe en arrière. Un calot tombe en avant parce qu'un froussard a envie de vomir. Le chef de gare est serviable. Il le ramasse. On croit qu'il parlerait et qu'il retarderait le départ s'il n'avait pas le sifflet collé aux lèvres. Le mécanicien est un piqueur de vitesse au milieu de sa meute. Il a les roues et les essieux appliqués contre ses jarrets. Le colonel n'est plus dans le restaurant. Son képi est sur la banquette. Et le chauffeur commence sa bruyante rengaine avec sa pelle. Une jeune fille a hurlé : « Couvre-toi. » Trop tard. Le langage ne fait plus partie du départ. Le colonel est sur le quai. Une chanteuse des rues a surgi. Elle a enjambé les barrières. Elle bondit. C'est la déesse des misères fredonnées. Elle est légère. Elle peut tout faire : elle a des bains-de-mer aux pieds. Elle préserve sous son aisselle ses chansons aux titres bleus. Le chef de gare gonfle ses joues. La chanteuse tend le cornet au colonel. Ils tiennent les bobines du miracle.

Le colonel crie dans le cornet : « La bataille est terminée. » La chanteuse rattrape au vol son cornet. C'est la fin de l'appréhension. Le chef de gare a disparu dans son bureau. Il rectifie les horaires. Le mécanicien est un aviateur ténébreux qui saute de sa carlingue. Quant au chauffeur, il continue de s'affairer dans le charbon. Maintenant le poulet attend le colonel. Dans les cuisines, on a entendu la nouvelle. On plume d'autres volailles. La chanteuse des rues a fini de jouer son rôle muet. Elle bat en retraite du côté de la salle d'attente. Les femmes montent dans les compartiments. Elles arrachent les boutonnières des musettes. Elles mangent du jambon sur les genoux des soldats. Un fou se jette quand même par la portière mais il ne se fait pas de mal. Dans la gare, il n'y a plus que des viandes et des mâchoires. La salle d'attente est au complet. La chanteuse renifle. Les voyageurs de province jugent sévèrement cette action de renifler. Il y a toujours un enfant qui peut se mettre à crier. Les yeux du père et les yeux de la mère insultent celle qui a reniflé et réveillé leur héritier. Les célibataires avaient mangé. Ils fument. Ils sont prêts les premiers à quitter les wagons, mais ils ne désirent pas rentrer chez eux. Ils fuient l'avachissement de leur costume civil tandis qu'ils nagent dans leur uniforme de soldat. Un célibataire est dégoûté. Il voit au fond du bol, qui est sur sa cheminée, la lune grumeleuse composée de sucre séché et de café. Elle est chez lui. Elle est encore au fond du bol. Il partait dans la déroute intérieure mais il avait laissé le résidu de son petit déjeuner. Le résidu l'attend. Le célibataire est déprimé. Il pense qu'il n'aura pas la force de nettoyer son bol. Il se rencogne. Il arrange sa capote. Il cache ses mains, il cache son ventre. Il pense qu'il va rentrer chez lui : il se touche dans le compartiment. C'est une preuve d'isolement. Dans la salle d'attente, la chanteuse des rues a un trou. Elle est allongée sur le carrelage. Les chansons sont auprès d'elle. Le cornet est une chose qui provoque le malaise. On craint qu'il roule à droite ou à gauche. Le colonel n'a pas eu besoin de demander qu'on lui réchauffât son jeune poulet. La chair se détache toute seule de l'os. Sa dentition a la paix. Dans le compartiment qui n'a pas de cloison, une femme a fini d'avaler sa tranche de jambon. Elle dit : « Si tu me trompes, je te descends... » Le compartiment a ri. Le célibataire, qui s'était rencogné, l'a entendue. Alors il a persévéré dans sa mécanique. A l'avant, la locomotive qui ne partira pas a pris du poids supplémentaire. Il lui manque son mécanicien mais les manettes veillent. L'ordre a été donné de les expulser tous du train.

A la fin de la soirée, je la raccompagne jusqu'à la porte de son immeuble. Je lui dis au revoir et je lui serre la main. Parfois, elle me regarde m'éloigner à travers la porte vitrée. Je me demande si elle me plaint. Je ne devrais pas la reconduire. Elle désire peut-être prolonger la soirée ailleurs. Je me couche et je veille. J'ai une ruche de souvenirs. Je lance mes bras au-dessus de ma tête. Les souvenirs sortiront de la ruche. Il est deux heures du matin. La cour de mon immeuble n'est qu'une petite place rêveuse entre les murs. La nuit a plus de profondeur dans les chambres et les dormeurs sont dans une mine. Le calme me donne du pouvoir. Je suis un monarque inutile. Ma fenêtre est ouverte. Un voisin qui dormait goulûment a vagi, cela prouve que la nuit est moins forte qu'on le croit. Ce faible cri a confondu la nuit. Je m'enfonce dans mon lit. La nuit est sensible. J'évite pour elle la rumeur des draps. Après le vagissement, elle a retrouvé une rondeur de perle fine. A deux heures du matin, les prisons, les hospices, les hôpitaux viennent à moi. Les voleurs, les malades, les vieillards, les amants dorment en même temps. C'est un point d'orgue que je dois soutenir. Elle dort en même temps qu'eux. Je ne puis ouvrir un livre, je ne puis froisser la nuit. Les infirmières rêvent aussi sur une chaise. Où est la mort puisqu'ils dorment tous ensemble dans l'univers? Je ferme les yeux. Je suis la bienheureuse parce que, hier soir, elle ne se tourmentait pas. Un chat dort dans une grange. Tu peux allonger ta tête à plat sur la paille, chat. Je te dis qu'elle ne se tourmentait pas.

Quatre heures. Le jour est modeste. Il amplifie lentement la ville. C'est une tranquillité de ballon dirigeable. Je cache mon visage sous le drap de lit. Je ne veux pas voir le jour. Il chassera notre soirée.

J'ouvre un atlas. Je baisse les yeux sur la Corse, je les lève sur l'Angleterre, je les tourne du côté de la Norvège. Je ne connais ni son itinéraire ni la date de ses étapes. Elle est partout à la fois mais je l'ai perdue. Je dîne avec elle mais c'est une apparition suivie d'un enlèvement.

La grande voix sans timbre me dit qu'il faut renoncer absolument à elle. Parfois cette voix me harcèle. Je ne lui obéirai pas. J'en suis au temps de la germination. L'événement se développera encore. Je ne renoncerai pas à ce personnage de lumière avec lequel je choisis des nourritures sur un menu de restaurant. C'est l'hiver. J'enfile mes bottines d'adjudant. Je me proposais de leur adjoindre les semelles de mouton rasé. Ce n'est pas nécessaire. J'ai trouvé une épaisseur de bouton-d'or dans mes souliers. Je marche dans la boue et dans la neige avec les fleurs jaunes de la gaieté. Quand je reviens dans mon réduit, j'inspecte cette floraison. Les boutons-d'or ne sont ni couchés ni fanés. Couper la viande, mâcher, avaler à côté d'elle, est une histoire de bottines d'hiver et de boutons-d'or transposée. Quand elle me téléphone la date du prochain dîner, la chaleur de septembre fait rayonner mon squelette. Quand je la quitte, quand je me réfugie dans le métro, j'aspire à la nuit éternelle par le suicide. Les claquements des portières sont claquements de revolver.

La lumière naquit dans un café du mois de février. L'éclair et la déchirure. La première fois qu'elle m'a parlé, il y a eu un recul des bruits. J'étais le promeneur étourdi qui ne peut plus s'arracher du piège de la chasse gardée. J'étais prise. Pendant que je lui donnais mes papiers, un nuage se logeait en moi. Je tendais mon visage. J'étais envahie plus vite. A mon insu, une chose grave avait été créée pour moi. Le flot de lumière se répandait. Je le recevais comme le reçoit un vitrail. Je m'appuyais contre le dossier de la banquette mais je ne capitulais pas. Elle a quitté le café. J'étais abasourdie par un bruissement intérieur. Je me souviens encore de la fatalité de la porte qui s'était refermée toute seule. Les bruits étaient revenus. Je ruminais l'événement, je semblais rêver à côté des autres. Après la détonation, les fumées qui montent sont lentes. J'étais lente, docile, chargée. J'avais un superbe isolement, une suffisance gratuite. Elle avait prononcé deux mots puis elle avait disparu. Je commençais un devoir qui ne m'avait pas été dicté. Je m'élargissais pour contenir cette nouveauté. Il fallait être sobre. Je ne remuais pas. Ils parlaient, ils riaient, ils payaient, ils consommaient. Ils bouchaient les fuites de leur journée. Leur bavardage avait pour eux un pouvoir d'oxygène. Leur conversation camouflait leur existence. Ils auraient gesticulé dans le vide de leur journée si je les avais bâillonnés une minute avec ma main. Ils seraient devenus des mannequins enragés. L'événement et moi, nous nous élevions au-dessus d'eux ainsi qu'un mont Saint-Michel. Elle venait de partir. Le contrecoup était encore une merveille. J'ai revu mon paquet de cigarettes ouvert sur la table. Personne n'entrait, personne ne sortait. La porte du café s'est imposée. Le mal était de ce côté-là. Je ne parvenais pas à regarder le plafond qui est une plage prête à nous calmer. Elle était partie. Les temps avaient changé. Entre cette porte et moi, il y a eu combat de coqs. J'ai louvoyé mais le combat s'est resserré. J'ai cédé. J'ai su que ce qui m'arrivait était un commencement. Je me suis jetée contre la vitre de cette porte. J'entendais la pluie des éclats de verre. C'était le brisement opulent. Je ne me soulageais pas avec cette pensée vengeresse. Cette porte fermée était étonnante. J'ai eu mal dans le côté. Ma plèvre était plus faible que ma tête. La porte a cédé au couple qui entrait. Deux hommes ont ramassé leur monnaie, levé le col de leur canadienne, enfoncé leur feutre vert et marché sur des fougères avec leurs semelles crêpe. Ils emportaient de la réalité. La porte était tenace. Dans le brouhaha et dans la tabagie, une jeune fille l'a entrouverte. On entendait les voix des vendeurs de journaux. Elle cherchait des yeux et ne les trouvait pas. Au bout des cris des vendeurs de journaux, il y avait la longueur de la ville glacée. Les bouclettes de sa jaquette d'agneau suggéraient des gentillesses. Cette jeune fille était partie. Elle attaquait la rue froide. J'ai reçu les premiers souvenirs avec une fraîcheur de prosélyte : son manteau de loutre noire, son peigne ouvragé et argenté, un ongle rouge écaillé, sa voix mouillée. Je voyais trop ses yeux bleus. Les jeux étaient faits. Les tziganes se sont lancés.

La voix me dit que je manque d'entrain lorsque je dîne avec elle. Je me tais parce que je nourris un événement. Je ne suis pas morne. C'est ma religion qui est silencieuse. Je baisse la tête en face d'elle parce que je suis semblable au paysan recueilli par l'angélus de midi. Devant elle, le temps des explosions ne viendra pas.

Dans mon réduit, si je l'imagine riant à une table de bar avec des amis, mon malaise est vif. L'arrachement est lent. C'est l'atrophie et c'est la jalousie. Je ne réussis pas à m'introduire, par l'imagination, dans le cercle de ses amis. Je suis rejetée de son comportement enjoué. Elle tapote sa cigarette. La cendre tombe, j'ai conscience de ma folie. Je le crie à mon réduit : « Je suis auprès de vous, Madame... Je suis multiple. C'est pénible de vous voir partout et de n'être pas vue de vous. Puis-je entrer dans le cercle de vos amis? Je serai le petit banc sous les pieds de la dentellière de Bruges. Vous êtes capable et je ne puis que vous contempler. Je ne vous divertis pas... » La cendre tombe encore de sa cigarette. Ma place est en moi-même. J'ai un port d'attache dont je suis l'unique mouette. Je ne dérange pas son sommeil. A distance, j'ai des petites capacités. A distance, j'évalue mieux les limites de son amitié.

J'éteins, je m'étends. La tentation revient.

Je la revois riant, parlant, fumant. Je grince des dents. Je contracte mes paupières. M'agripper au souvenir du trot du cheval, au rythme de la carriole hautaine qui donne un cœur et une vie à la route puisque la route est le pauvre sujet de la nuit. Je me souviens d'elle accueillant quelqu'un. Je me tourne du côté du mur. Je gémis. Le papier est uni. Les dessins d'une tapisserie embrouilleraient mon tourment. La vision se précise : le bar, la couleur de la liqueur qu'elle boit. Il y a le renflement du verre et l'allongement de ses doigts dessus. Elle a des yeux bleus, une intelligence, une coiffure remarquables. Elle a cela et le temps ne fera pas un crochet pour moi. Demain elle aura vieilli. Cette soirée aura passé dans l'inconnu. Cela crépite, cela périt. Mon réveille-matin va comme avant, je compte à distance les tulipes et les branches de lilas qui vivent ensemble sur le comptoir du bar. Il y a aussi une frise de musique sourde... Pendant qu'elle parle à ses amis, ma fidélité à l'événement peut être représentée par une croix tracée sur une vitre givrée. Ma place est en moi-même. Le reste est vanité. J'ouvre mes bras autant que l'épouvantail. Arrive solitude, arrive avec tes cheveux défaits sur ton visage, commencez de ronfler les orgues de mon désert.

Elle ne parle presque pas d'elle. C'est un donjon. Pas de draps noués ensemble, pas d'échelle de corde, pas de lime, pas de pioche, pas de burin, pas de brique qui tombe, pas une fente comme sur les remparts d'Aigues-Mortes. Je collais mon œil, j'apercevais une branche calcinée d'olivier. Pas de branche. Pas de rafraîchissement. La soif et la soumission. Alors je parle de moi. J'ignore les sujets généraux. Quand je la quitte, je le regrette. Je harangue ma série de casseroles. Leur crescendo et leur descrescendo m'apaisent. Je le hurle aux demoiselles en aluminium : « Parlez de vous, Madame... Ne parlons plus de moi... » Mon égoïsme est un cancer qui me dévore. Lorsque j'ai besoin de me procurer un peu de son intimité, je pense à la table de son café, à son sac à main, à la porte de son immeuble. Quand elle se sert du poudrier je suis confuse. Cet objet est trop familier avec sa beauté.

J'ai une vision en m'éveillant qui m'aide à recréer ma chambre, mes objets, les bruits, le monde. Je m'assieds dans mon lit, je me vois décrochant la planche à hacher pendue dans la cuisine. Je pose cette planche sur la table de ma chambre. J'ouvre le tiroir. Je dis adieu aux cinq cents plumes Blanzy-Poure couchées dans leur boîte. Je secoue cette boîte contre mon oreille. J'obtiens le son et la marée de l'écriture à venir. Le hachoir m'attend sur la planche. Je répète avec ma main gauche. Je donne trois coups de hachoir à la planche à hacher. Ma force est insuffisante. Pas d'autre solution. Pour ne plus écrire, c'est ma main droite qu'il faut sectionner. J'allonge cette main. Elle est perpendiculaire au hachoir. Je brandis la hachette. Dans mes oreilles je n'ai que l'atmosphère des couloirs vides des écoles. J'ai sectionné. C'est tellement précis que, dans mon lit, je fais une grimace et que j'enfonce mes ongles dans mon poignet. Ensuite, c'est le lever d'une découragée.

J'ai décidé de me fortifier en me taisant. Je ne sortirai pas jusqu'à demain. Je ne verrai personne. Je ne parlerai pas d'elle au papier du cahier, à mes murs, à ses lettres. J'étofferai l'événement. Je me suis tue une journée. J'avais des lèvres moelleuses. J'avais les paroles retournées des statues. Je tenais la clé du verger. J'ai assaini ma chambre. Je travaillais humblement. Je me penchais sous les meubles. Je me taisais. J'ai cherché, j'ai retrouvé un duvet. Je l'avais vu s'envoler du café la première fois qu'elle m'avait parlé. J'ai continué de travailler avec un balai, de la cire, un vieux bas, la paille de fer. J'avais bercé et endormi son nom, son prénom pendant que je frottais le plancher. A la fin de la journée, j'ai vu ce que j'avais fait aux choses de mon réduit. Je les avais trop dérangées, trop bousculées. Elles avaient des lueurs perfides. Je les ai quittées. Les lueurs du cuir, du bois et du cuivre s'invectivaient entre elles. Ma toilette fut minutieuse. J'ai repassé ce que je devais porter. Mon tablier mal rincé sentait la pauvreté. Je l'ai aspergé d'eau de Cologne. Mon réduit fut plein de santé. Elle pouvait arriver. J'ai fermé les doubles rideaux. Je me suis étendue sur mon lit. J'étais bien brisée. La nuit est entrée facilement en moi. Mon âme avait été souple pendant une journée, mon visage ne m'était pas singulier. Mes mains conservaient un souvenir d'eau de Javel. De la cour me parvenait le chagrin d'un nouveau-né. J'ai fourni des efforts pour que le chagrin s'éloigne. Je la revoyais avec ses amis. C'était Chevreuse, le restaurant et le bosquet où parfois je vais déjeuner. Il y avait profusion de glycines au-dessus de leur tête, au-dessus de mes mains, sur mon visage. Ils gobaient tous des fraises à la crème servies dans des bols. Ils ne parlaient pas mais la faïence résonnait. Le bleu décoloré des glycines était vieillot, le toit de chaume de la guinguette reblondissait, sur la colline, le château effrité vieillissait.

Quelqu'un a tout défait. Il y aura toujours une voix qui dira : « Elle est rentrée... Elle va repartir... » Je n'ai pas tressailli. Je ne veux plus errer du côté de son immeuble. Je ne veux pas l'espionner, je ne veux pas ternir la belle journée qui lui permet de lire, je ne veux pas entamer son attitude studieuse. Quand elle revient dans ma ville, des allées moussues font des avances aux semelles de mes souliers. J'ai enfermé la mousse verte. Je l'ai mise auprès du sachet de naphtaline mais j'ai décroché quand même mon manteau. J'ai attendu l'autobus qui m'emmènerait vers elle. J'ai tourné le dos à l'autobus. Le coup de sonnette du départ était faux. J'ai cru en mon réduit. Je me suis déshabillée, je me suis rhabillée. Le bureau de poste est le refuge pour ceux qui ne savent sur quel pied danser. J'ai acheté un jeton. Je me suis calfeutrée dans la cabine. J'ai envié la maîtrise des conducteurs de tramways qui manœuvrent et qui avancent dans une cabine semblable. J'ai introduit le jeton. J'ai décroché l'appareil. Il pendait dans le vide. J'ai revu les chiffres de son numéro de téléphone. Je n'ai pas tourné le cadran. J'ai réalisé les distances. J'ai retrouvé un réduit froid. Je me suis déshabillée. J'ai revu ses enveloppes et son écriture. Il y avait eu un commencement. Il y avait eu deux ou trois pneumatiques. Elle écrivait : « Voulez-vous que nous dînions ensemble? » C'est du temps passé. C'est incisif. Elle croyait en ma vitalité, en ma force. Ses dons psychologiques sont fulgurants. Elle a démonté et remonté mon individualité. J'ai tracé son adresse sur une enveloppe, j'ai crié. Je la reverrai, je n'aurai pas une anecdote à lui raconter. Mon sentiment s'étale en plaine. Je ne désire pas l'importuner mais je désire tant courir vers son quartier. Je désire tant imiter l'enfant déchaîné qui joue à l'aéroplane avec ses bras horizontaux... Il faut être assis vaguement devant une table, devant une adresse inutile, devant une enveloppe neuve.

Elle est rentrée. Elle ne te fait pas signe. C'est cette larve de moi-même qui le dit et qui le répète. Je ne peux pas saisir ce crachat de moi-même, cette chair d'huître, cette haleine sucrée qui peut souffler des mots tyranniques dans l'oreille. C'est une chose de mon réduit qui écopera pour cette larve de moi-même. Je me lève, je prends la chaise. Pendant que je cherche une cible, je suis désespérée. Je jette la chaise contre la porte de ma chambre. J'ai beau me révolter. Les arbres ne refleuriront pas avant l'année prochaine. La chaise a les pieds en l'air et j'ai l'air d'une bête. Ce tapage n'a pas de réalité. J'ai encore de la rage à rendre. Je ferme la fenêtre. Je reprends cette chaise. Je l'envoie aux sous-verre du mur. C'est raté. La chaise est allée rebondir sur mon lit. Un barreau a été cassé. Il oscille. Il me désarme. Il m'instruit. Je n'ai été que l'esclave et l'inutilité. J'ouvre mon poste de radio. Louis Armstrong expose, déclame, englue une histoire avec sa diction martelée, sa trompette à voix humaine, son chant de poivrot douloureux. Je reprends la chaise, je la secoue follement. Je hurle en même temps que la radio : « Tu ne peux pas revendiquer... tu n'as rien à revendiquer... » Je tombe à terre. La chaise est dans mes bras.

J'essaie de raccommoder le barreau puis je le laisse se balancer. Ma soumission est revenue en même temps que ce balancement. Je range mon manteau, je change de chandail, j'ouvre la fenêtre, je détourne le bouton de la radio. Il a plu également pour moi, je n'écoutais pas la pluie... On entend les gémissements de la scierie. Le toit du hangar sous ma fenêtre est mouillé. Il pleuvra encore. La promesse ferme d'un ciel gris. Les mères et les enfants trépignent dans les squares. Leurs chambres sont des endroits qui peuvent respirer. Il n'y a qu'à se pencher à la fenêtre, regarder, saisir l'atmosphère avec des gants suédés.

J'ai mis mon tablier. J'ai serré ma ceinture de cuir. Je suis à ma table. Elle est revenue dans ma ville. Je peux lui prendre ce dont j'ai besoin sans la revoir. Elle est mon paysage préféré. Le jour a baissé. Le toit du hangar a séché. Il a ses gris nacrés, ses gris cendrés, ses gris souris. Mon rideau de tulle remue. C'est le battement et c'est le contraire du pigeon qui va être étouffé. Des vies mystérieuses l'effleurent. Je suis informée de la finesse et de la tendresse de l'air que je respire. C'est du côté de ma table que le rideau gonfle. Sa modération est exemplaire. Un nouveau Pompéi tressaille jusqu'ici.

Mon sommeil et la nuit ont défait cette soirée. J'ai remis cette lingerie qui ne connaîtra pas la violence. J'ai détaché mes sandales avec l'essence pour me droguer sainement avec cette odeur. Sur le mur, ils me regardaient tous et ils ne me regardaient pas. Les visages photographiés sont plus faux que ceux des morts.
Il est six heures du matin. Le miroir est sur le molleton de la table. Je touche souvent ce tissu charitable. Je plie et déplie ce bâtard du velours. Je ne me coiffe pas. Je ne me poudre pas. Un orchestre fou m'entraîne vers son café. Il est trop tôt mais je sortirai dans la rue, cet orchestre me quittera. Le jour, le silence, les murs ne sont pas sûrs d'eux. Ne dormez plus, ceux de ma maison. Je vous supplie : ne dor-

mez plus. Je n'ai besoin que d'une odeur de café ou de pain grillé, d'un bruit de vaisselle, d'une fenêtre refermée. Un chat est heureux dans la ferluche. Sa veillée est méticuleuse. Il l'entretient sur ses pattes fléchies. La sérénité ne peut pas s'échapper de lui. Je secoue le cageot. Il s'étire, il me procure du bien-être. Il subit son bonheur. Le claquement de la porte de mon immeuble a été insolite. Les chiffonniers et les chiffonnières travaillent. Ils se tassent sur les ordures. Ils sont âgés. Ils ont rapetissé. Le médiocre remue-ménage et la rapacité. Leur crochet pique les déchets. J'arrive, mes agneaux dorés, j'arrive avec mon orchestre fou. Depuis que je vous ai reçus dans l'estomac, je ne sais plus où mon cœur en est. Je désire vous choyer. Vous êtes graves. Vous êtes des savants sur la voie publique. Mon crochet est le même que le vôtre. Je cherche vos trésors dans vos ordures à vous mais c'est une besogne plus ardue. Il y a un lot à prendre dans la rue. Je vous prends avec vos haleines vineuses, vos chancres, vos cheveux mal épinglés, vos rides crasseuses, vos odeurs sans répit. Je vous prends surtout avec votre regard vague qui ne peut plus se poser quelque part. Il y a longtemps que j'ai votre âge. Je suis derrière vous par politesse. Laissez-vous faire. Buvons du rhum avant. Vous ne perdrez pas votre temps. L'embrassement ne dure pas davantage que l'accouplement. Il suffit d'une seconde pour confondre la question et la réponse. Répondez. Vous n'aurez rien à faire pendant que j'écraserai vos lèvres et que j'ébranlerai vos dents. Vous dormez en cherchant. Vous êtes emmaillotés dans vos malheurs. Je veux vous desserrer. Après vous serez comme l'athlète qui respire son bol d'air devant la fenêtre. Ils fouillent. Chacun déniche pour soi-même. Ils dissimulent vite la petite valeur dans le sac en jute. Ce sont des insectes isolés. Ils me donnent la nostalgie des fourmis. Leurs gants noirs sont devenus des gants antiques. Leurs mains pleines d'escarbilles ne sont pas plus pauvres que celles des autres et, sur le tamis, les escarbilles roulent comme les perles. Dans la poubelle, leur crochet fait un ouvrage de binette. Je n'ai pas la même haleine qu'eux. Je n'ai pas le même visage ni les mêmes vêtements. Si je les imitais, je me déguiserais. Je ne peux pas leur dire que je désire les étreindre. C'est le caillot, c'est l'obstruction à six heures du matin. Je me débats avec la tendresse comme le sourd-muet se débat avec la parole. Mon appel est pourtant clair. C'est un air de flûte de Pan. Si je leur crie, mon appel ne sera que sifflement de fouet. Ce n'était pas concerté. Je suis sortie de mon réduit et vous étiez là à vous recroqueviller pour besogner. Je ne vous ai pas choisis. Vous êtes venus dans mon quartier. Dans les trains, à l'estaminet, sur les marchés, vous êtes grivois. Cela me déplaisait parce que je vous place haut. J'ai réfléchi. Vos grivoiseries ne sont que minauderies un peu troussées. Je vous prendrai avec. Enfin j'arrive avec mes fardeaux mais vous n'avez qu'à venir près de moi. Alors je gambaderai au ralenti parce que vous serez à côté de moi. Je suis dans l'encoignure de la porte de mon immeuble. Je les attends. Je suis un voleur patient. Je ne peux pas les aborder. Je les étonnerais. Je voudrais tant arriver sur eux comme un début de pluie langoureuse. Je voudrais tant planer avec diplomatie, puis fondre sur eux avec adresse. Leur réveil a sonné dans le noir pour une récolte de chiffons. Je voudrais tant les suivre et m'attabler avec eux autour d'une friture, leur confier qu'une odeur de friture est une exhalaison d'évangéliste. Ne pas leur parler, ne pas s'expliquer. La barrière, le serrement, l'impuissance. Mais au carrefour, il y a eu des renaissances : la première boutique ouverte, le premier journal, le premier fait divers, la première cigarette, la première allumette, le premier rendu de monnaie, la première feuille de platane qui plane, le premier tapis secoué, le premier mutilé, le premier fourre-tout du nageur, la première infirmière qui bâille, le premier cinzano versé, le premier camion, la première cargaison de pommes reinettes, la première couronne mortuaire, le premier taxi au drapeau baissé. Je suis montée dans un autre. Nous allions devant les gares. Les fournées humaines quittaient ces palais toujours éveillés.

La terrasse du café où elle lira est une hécatombe de tables et de chaises. Je ne parviens pas à imaginer l'éveil de ce café. Je n'oserais pas mettre une chaise debout, m'asseoir, l'attendre. Le commencement de la journée est maigrelet. Pendant qu'ils dormaient, les hommes se sont ennuyés car ils se précipitent sur les nouvelles des journaux. J'ai besoin de remplir mes poches. Je rêve que j'ai un revolver dans chaque poche et je pars m'isoler avec eux dans le square délabré. Il n'est pas nécessaire de regarder les revolvers. J'ai les gouffres et l'eau froide dans chaque main. Avec chaque pouce, je caresse le beau carré qui est sur eux. C'est un grillage de fée emprisonnée, c'est un gâteau de cire endeuillée, c'est une résille sévère de héros. Je les caresse et l'on glisse peut-être un pneumatique d'elle sous ma porte. J'ai retiré mes mains de mes poches. Les revolvers sont des objets de génie. Ils dorment ou bien ils éclatent. Eux aussi sont des médiums. C'est une froideur qui se prête. Avant et après le meurtre ils sont objets supérieurs. J'ai tourné la tête du côté des acacias. Mon œil a été bien servi car un feuillage vaut une cuillerée de miel. Il y a également cet anneau magique, cette gâchette, ce croissant de métal sur la droite... Si j'apparaissais avec eux dans le café, le gérant dirait : « Disparaissez... Ne gâchez pas notre renommée... » Je sortirais du café et je n'aurais rien fait. Une auto n'irait plus droit pour ne pas me renverser. Je rêve qu'ils sont dans mes poches mais la mouche qui lisse ses ailes sur une table est plus consciencieuse que moi. Ils ont du génie. Je ne leur ferai pas la cour en rêvant.

Mon square est un incompris. Jusqu'à dix heures du matin il n'aura que moi. Je ne me fais pas prier par les endroits déshérités. Je me colle à lui. Nous sommes nés ensemble. Il n'est pas animé, pas parfumé, pas gracieux. Les oiseaux fuient ses marronniers. Les bancs sont inconfortables. On s'arrête chez lui pour relire des lettres, pour recompter la monnaie. Je fais ma déclaration au square. Il va pleuvoir mais je t'ai fait ma déclaration. Les gris et les bleus sont en beauté sur les murs et sur les toits. Ils s'affirment dans un assombrissement dramatique. Quoique noires et profondes, les fenêtres fermées sont nulles. Tes verdures aussi sont devenues luxueuses. C'était trop distant, un ciel clair. Elle va venir dans le café. Il va pleuvoir et la moelle de mouton est si douce à avaler. Dans les hôtels meublés, les dames galantes enfilent leurs bas. Elles placent la couture et le renforcement du talon au milieu du mollet. On peut acheter un cube de tabac, des allumettes, du papier Job...

Ce n'était qu'une mise en scène. Le ciel a sa légèreté de porcelaine de Chine. Le square est redevenu laid. Je ne pourrai pas entrer dans le café. Je ne pourrai pas déranger sa lecture. Je pourrai m'asseoir à la terrasse, me soulever parfois de ma chaise et la regarder à travers une vitre, à travers un store.

Elle lisait. Elle tournait une page de son livre mais je ne devais pas tressaillir. Ce bras, cette main à demi pliée sous le menton me bouleversaient. Lorsque j'écoute un andante, je pense à eux. Elle a tourné une autre page. C'était le proche déroulement du passé. Je recevais la cadence de sa lecture, une clarté dans l'intime de mon âme. Je me rasseyais. Je craignais de ternir sa lumière. Je ne connais pas sa façon de respirer. Elle est l'esclave de sa respiration. Après cette pensée, il y avait eu affluence de tendresse. Je me levais de ma chaise parce que j'étais désarmée. Avec ses escargots troués, la dentelle bise du store existait fort. Je voyais les annuaires du café sur lesquels elle pose ses papiers. Elle ne levait pas la tête. Pas de solution, pas d'explication, pas d'exclamation. A travers la vitre, m'est parvenu le fracas du plateau rond qui tombe et qui tourne sur lui-même. Elle lisait dans le fracas. L'empire des étoiles était moins grand. Son application me grisait. Elle ne levait pas la tête mais elle remplissait un tableau. Je ne peux pas envahir un royaume, je ne peux pas mettre mes misères sur la page de son livre pour les reprendre après. Si j'avais entendu le bruit de la page tournée, j'aurais été riche. Je me rasseyais. Je me levais. Énigme et rapprochement. A travers la vitre, je voyais mieux son visage. La voilette mouchetée qui était devant, je l'avais imaginée. Cette voilette évoquait les centaines, les milliers d'heures studieuses de son existence, cette voilette tempérait sa beauté.

Je me suis éloignée à pas feutrés. Je me tenais droite dans mon réduit. Je ne parlais pas aux murs. J'ai remis le même tablier. J'ai serré plus loin ma ceinture de cuir. Je me suis assise à ma table. Je n'ai pas attendu longtemps. On dégageait mon cou, on tirait sur le col de mon tablier, on agrafait sur ma nuque une rivière de diamants.

Aimer est difficile mais l'amour est une grâce.

DU MÊME AUTEUR

Aux Éditions Gallimard :

L'ASPHYXIE (« L'Imaginaire », n° 193)

L'AFFAMÉE (« Folio », n° 643)

RAVAGES (« Folio », n° 691)

LA VIEILLE FILLE ET LE MORT

TRÉSORS À PRENDRE (« Folio », n° 1039)

LA BÂTARDE (« L'Imaginaire », n° 351, « Folio », n° 41)

LA FEMME AU PETIT RENARD (« Folio », n° 716)

THÉRÈSE ET ISABELLE (« Folio », n° 5657)

LA FOLIE EN TÊTE (« L'Imaginaire », n° 319, « Folio », n° 483)

LE TAXI

LA CHASSE À L'AMOUR (« L'Imaginaire », n° 422)

Impression Maury Imprimeur
45330 Malesherbes
le 6 février 2019.
Dépôt légal : février 2019.
1er dépôt légal dans la collection : novembre 1975.
Numéro d'imprimeur : 233838.

ISBN 978-2-07-036643-9. / Imprimé en France.

349401